La Mort dans l'âme

ÉLISA BRUNE

La Mort dans l'âme

Tango avec Cioran

Odile Jacob

15, rue Soufflot, 75005 Paris

www.odilejacob.fr

ISBN : 978-2-7381-2646-7

CHAPITRE UN

Cioran, comme un coup de tonnerre

Un homme au volant d'une grosse voiture manœuvre pour passer entre deux obstacles. Il progresse centimètre par centimètre, alors qu'il a plus de un mètre d'espace libre. Sans doute persuadé qu'il conduit un camion, il fronce les sourcils en surveillant alternativement l'aile gauche et l'aile droite, requis à cent pour cent par cette opération périlleuse.

Ainsi, dans la vie, peut-on avancer les sourcils froncés sur des rétrécissements imaginaires, et n'explorer qu'une infime partie des pirouettes possibles.

⋆

L'artiste est celui à qui nous sous-traitons notre liberté.

⋆

Une nuit, dans mon lit, je me disloquais comme d'habitude. N'y tenant plus, je décide, finalement – dix ans que je le lis –, de lui écrire une lettre, à lui, le seul humain sur Terre qui semble souffrir autant que moi.

⋆

Il est mort la nuit suivante.

⋆

C'est un homme qui n'a pas trouvé les moyens d'être un homme, et qui s'est lamenté sa vie durant. Cela a fini par lui donner la force d'une personnalité.

★

Il n'a jamais parlé pour séduire, ni pour se raconter des histoires, seulement pour s'accompagner d'un bruit reconnaissable, comme les enfants qui descendent en chantant dans la cave.

★

La vie a réussi à humilier un type qui n'avait jamais misé un kopeck sur elle : il est mort gâteux.

★

Longtemps, j'ai vécu accroupie sur ma douleur, pour la faire taire, l'étouffer, la camoufler, surtout garder une tête présentable devant les oncles, les tantes, les professeurs, et puis un jour, comprenant que je n'aurais jamais le dessus, j'ai décidé de procéder à l'inverse : j'allais la montrer, la traîner dans la lumière, la prostituer, on verrait bien si, en plus de m'empêcher de vivre, elle ne pourrait pas aussi me servir de monture. J'ai pris un Bic et voilà.

★

Au moment de sa mort, même sa mort à lui, la Terre ne s'est pas arrêtée de tourner. Juste un petit tremblement d'amplitude 4 sur l'échelle de Richter, quelque part du côté de Liège, pour marquer le coup. À peine plus qu'un frisson dans le pelage d'un chat.

★

Que Cioran ait pu attraper une saloperie dans la tête ne manque pas de piquant. On pouvait viser pour lui le suicide, ou une autre forme de mort en pleine conscience, à la rigueur un accident. Mais qu'il ait fini maboul, il aurait vraiment été le premier à se délecter d'une telle ironie du sort.

★

Vouloir « être soi-même » : un beau slogan, un cri de ralliement, une croisade, jusqu'au jour où plus personne ne s'avise de vous en empêcher. C'est alors qu'apparaît dans toute son étendue inabordable : *le vide*.

★

Douleur de voir tous nos cerveaux aussi désemparés les uns que les autres et qui n'ont même pas la consolation de pouvoir fusionner leurs bocaux pour faire un seul désespoir.

★

Ce n'est la peine de se farcir Dieu. Je fais partie d'une génération qui s'en passe le plus naturellement du monde. Gueuler dans le vide : la seule occupation.

★

Un ami m'a dit : « Tes mots vivent. Ils vivent en enfer, mais ils vivent. » J'ai répondu : « Et où crois-tu que tu te trouves ? »

★

Après quatre-vingts ans passés dans la terreur de mourir, il se voit extorquer l'ultime humiliation de mourir sans même s'en apercevoir, victime d'une démence qui le prive de lui-même.

Peut-être n'a-t-il jamais été aussi heureux que dans ces années-là.

★

D'une certaine façon, il s'en délectait à l'avance : « Quand tout s'affadit autour de nous, quel tonique que la curiosité de savoir *comment* nous perdrons la raison[1] ! »

★

Surtout ne pas rester l'esprit ballant. L'occuper par n'importe quel prétexte.

★

Quand seuls les animaux s'entre-déchiraient, le spectacle n'était pas assez savoureux. Du sang, oui, mais pas de larmes. Il a fallu que la conscience s'y fourre pour que cela devienne vraiment jouissif. Que ça gueule, que ça chiale, que ça se torture avec appétit et délicatesse.

★

J'ai lu les nihilistes. Je leur en veux de leur humour distant et sophistiqué. Quand on sait quel supplice il y a à être profondément convaincu de ce qu'ils énoncent élégamment, on se dit qu'un hurlement épouvanté conviendrait mieux à la situation.

★

Conscience : la gangrène de l'Univers.

★

Il avait trop peu d'estime de lui pour s'offusquer d'un sarcasme à son égard.

★

J'éprouve une curiosité clinique vis-à-vis de la nature, comme un technicien épaté par les trouvailles d'un collègue. Je ne me lasse pas d'admirer l'ingéniosité qu'il a fallu pour composer un tel fiasco.

★

Vivre n'est pas suffisant pour exister. D'où les livres, la folie et l'extase.

★

À la mort de Cioran, j'ai su que cela me pendait au nez depuis dix ans, dix ans que j'avais commencé à le lire, dix ans qu'il n'écrivait plus, dix ans sans rien faire, alors que nos deux vides auraient pu se croiser et se saluer dans la plus grande stérilité.

★

Difficile d'utiliser le mot naïf à son propos mais enfin, l'attachement à Dieu ressemble fort à une pendule détraquée. On lui en a rebattu les oreilles quand il était petit, et cela produit ce genre d'empreinte définitive.

★

Seuls les animaux sont incontestables. Mais tellement prévisibles. On souhaiterait rencontrer un destin, une grandeur, un peu de suspense. Alors on tombe sur l'esprit qui, en même temps qu'il découvrait la mort, a dû échafauder mille ruses pour s'empêcher de la voir et arriver à rester calme. Il lui fallait des fables pour affronter sa finitude, comme il faut un certain chiffon à ma petite nièce pour affronter la nuit. Elle l'appelle sa nounou. Dieu est la nounou de l'esprit, qu'il mâchouille pour éloigner les cauchemars.

Mais, un jour, l'autosuggestion se fatigue, les fables se déglinguent et l'esprit met un temps avant de mesurer les dégâts, comme ces personnages de dessins animés qui courent encore après avoir dépassé le bord de la falaise. Quand ils baissent la tête et voient le vide, ils tombent. Nous en sommes exactement là, dans le geste de baisser la tête, et Cioran a vu le vide avant les autres. La grimace d'épouvante est en route pour distendre tous nos visages comme elle a déformé le sien.

*

Un instrument de musique, ou n'importe quel autre objet, possède une fréquence fondamentale. C'est le son qu'il émet lorsqu'on le cogne n'importe comment. Il entre en vibration globalement sous l'effet du choc, et cette vibration est sa fréquence fondamentale.

L'effroi est la fréquence fondamentale qui sort de mon être, aussi peu qu'on le secoue. Mon degré zéro. Mon bruit de fond.

Sur ce socle, qui est un bloc d'abîme, j'ai monté à la hâte quelques échafaudages en forme d'estrade, où je peux, à l'occasion, jouer des scènes convenues, dont certaines sont parfois drôles, il n'y a aucune contradiction là-dedans. Les serpentins, finalement, ont besoin du vide pour dérouler leurs volutes.

*

Pour son enterrement, une amie bien intentionnée a réussi à imposer l'idée d'une messe orthodoxe roumaine. Outre le pope et les psaumes, il y fallait des bouteilles de vin et un gâteau des morts disposés au pied de la fosse. Les employés des pompes funèbres, croyant à un pourboire, ont liquidé les denrées avant l'arrivée du cortège. Scandale et pourparlers devant l'assistance médusée, avant de pouvoir plonger Cioran dans son dernier froid. Il aurait croulé de rire.

*

À la dentelle des nihilistes, il manque la rage, ou plus exactement la panique.

★

Je vois mon amie enceinte, et je n'en finis pas de mesurer l'ampleur de la catastrophe.

★

La vie m'intéresse tant qu'elle se montre courtoise à mon égard. Je ne serai pas de ceux qui remercient le destin de les avoir couverts d'épreuves grâce auxquelles ils ont pu « progresser ». Gémir, le beau progrès ! Au premier coup vache, je jette l'éponge, on ne me verra plus.

★

Toute douleur est la mienne, chaque image me torpille, les scènes vécues comme les fictions, les livres, les films, les cauchemars, toute évocation de la douleur *est* la douleur elle-même.

★

Devant chaque nouveau-né : encore un qui ne sait pas à quoi il s'expose.

★

Peut-on vraiment se hisser sur ce cadavre-là ?

★

C'est un essai sur Cioran.

C'est un voyage dans Cioran.

C'est un pied de nez à Cioran.

C'est un texte qui heurte à la lecture, mais plus encore à l'écriture.

C'est un exorcisme qui a loupé. *Il* me hante encore plus qu'avant.

J'espérais, en l'affrontant en face, le rendre inoffensif, le vider de son pouvoir corrosif. Or non. C'est pire.

★

À l'heure qu'il est, son corps est en miettes. Vous le voyez, son cerveau tant et tant hanté par la mort ? Il est pourri. Comme un vulgaire fromage. Les yeux qui portaient tout l'effroi du monde se sont décollés des orbites. Ils ont fondu. Il reste deux trous béants que rien ne distingue de ceux de l'homme des cavernes.

On pourrait jouer au foot avec son crâne, comme lui-même faisait dans le cimetière de son village natal. Le fossoyeur, son grand ami, était heureux de lui fournir un jouet. Lui entamait à six ans sa longue conversation avec la mort.

⋆

Je ne l'ai pas attendu pour hurler la nuit, mais quand même, il n'a rien arrangé.

Un poète ou un grand romancier aurait pu m'éblouir, me ravir, me bercer l'âme au point de me distraire du néant. Lui, on peut dire qu'il a mis les pieds dans le creux.

⋆

À vingt-deux ans, il était « spécialiste du problème de la mort ». Spécialiste dans tous les sens du terme, dans les tripes et dans la tête, ayant étudié, travaillé, sommé tous les sages et les philosophes de fournir leur réponse, ayant fait le tour du sujet.

À vingt-deux ans, où en étais-je ? Je redoutais les nuits comme la peste, depuis longtemps déjà, mais, le jour, je n'avais jamais imaginé pouvoir me consacrer au problème. J'étudiais la comptabilité, le marketing, le droit social, sans même trouver cela bizarre. Il n'y avait pas de connexion entre mes nuits et mes jours, pas de référentiel commun, même pas de succession. Il y avait LA nuit, la grande nuit, la seule, toujours la même, qui me broyait dans ses lames, et puis LE jour, le monde des êtres humains assis dans une logique convenable, et où il suffisait de faire comme eux pour être comme eux. Jusqu'au crépuscule.

Ces deux mondes distincts, disjoints, étaient séparés par une surface nette et brillante, comme l'air est séparé de l'eau.

⋆

À vingt-deux ans, il est sur les cimes du désespoir. Il a embrassé l'horizon tout entier de son regard horrifié ; il sait tout ce qui lui manque pour pouvoir vivre et qui ne viendra jamais. Il n'ajoutera rien à sa tragédie. Il la répétera, il la remâchera jusqu'à épuisement du moteur. Vieillir n'apprend rien, quand il s'agit de l'essentiel. Le nombre des distractions s'amenuise. Le précipice ne bouge pas d'un poil.

★

Pour une œuvre sur la mort, c'est assez vivant. Il nous a fait ça dans un style « enlevé ».

★

Pendant un week-end à Paris, juste après sa mort, j'ai senti combien cette ville venait de se vider de lui, à la fois plus légère et plus tragique. L'air était débarrassé d'une menace, mais ce n'en était que plus poignant, car la menace était seulement étouffée, la vérité, tombée dans un puits. La voix de la conscience s'était éteinte, et la réalité était plate à nouveau, comme une péniche qui va passer à la trappe et sombrer d'un bloc, sans vigie pour annoncer le désastre.

★

S'il souffrait tant du poids de la conscience, pourquoi l'a-t-il répandue à tour de bras ?

Ce secret terrible, s'il avait été un tant soit peu charitable pour le genre humain, il l'aurait emmené avec lui, lesté d'une bonne pierre, au fond d'un fleuve.

Certains séropositifs sont tellement révoltés par leur sort qu'ils n'ont de cesse d'en faire profiter les autres. *Il n'y a pas de raison que nous soyons les seuls*... La conscience, c'est le sida du cerveau, et l'écriture, c'est le coït vénéneux qui contaminera les purs.

★

Je me fais peur.

★

On peut être au supplice la nuit et se marrer dans la journée. Il s'agit de reprendre son souffle entre deux apnées.

★

Au réveil, je suis à l'âge de la pierre. Il me faut quelques minutes pour rattraper l'histoire et me lever au vingtième siècle.

*

Je pourrais chercher les endroits où il allait, tenter de mettre mes pas dans ses pas. Mais allons, le fétichisme est bien la dernière chose qui convient ici.

*

Le fado le faisait pleurer, de même que la musique tzigane et le tango argentin. Tout ce qui suinte de mélancolie.

*

Je craignais, en me consacrant à lui, d'aggraver mes crises, d'étendre la nuit au jour, de me saborder définitivement. Mais cette idée restait vissée dans ma tête, alors autant faire face et laisser passer l'ouragan, en escomptant qu'il oublierait peut-être de m'achever. Pour supporter l'arrivée de la nuit, mon plan était simple : pas un mot sur lui au-delà de vingt heures. Pas une pensée. Purger ma tête comme une cuvette, avec tout ce qui se présenterait : des bandes dessinées, des dîners entre amis, des poèmes, des feuilletons télé, des parties de jambes en l'air, des concerts, du sport, des cours de tuba, tout, tout, sauf lui et sa gueule de sinistre.

Pour l'heure, qui était déjà avancée, j'avais une idée toute prête, séduisante : continuer la lecture d'un Le Clézio solaire et radieux. Mais, à peine le livre ouvert, je tombe sur un enterrement, et je lis un texte atroce, avec un luxe de détails dont je ne peux m'empêcher de vous faire profiter :

— Le pire, ça a été pour l'habiller, la peau a crevé, vous savez…

— Ah ! Mon Dieu…

— Oui, on l'avait mis dans son habit noir, et puis la peau du dos a crevé, alors il a fallu tout nettoyer, et tout recommencer, et on l'a mis dans un autre costume.

— On ne dirait pas pourtant, il avait l'air si apaisé, si heu…

— Oui, c'est vrai, mais on a dû aussi lui bander le menton…

— Et vous l'avez poudré ?

— Bien sûr, qu'est-ce que vous voulez, il…

— Oh, c'est affreux, quelle épreuve pour sa femme.

— Elle n'a pas pu, la pauvre, elle avait trop de peine.

— Heureusement que vous étiez là.

— Oui, mais c'est terrible. Si vous saviez qu'il a taché les draps même deux jours après[2].

On aurait voulu me mettre la tête sous l'eau, on ne s'y serait pas pris autrement. L'épreuve s'annonçait corsée. Je risquais d'y laisser ma peau, et en tout cas les plumes qui décorent si bien mon chapeau. Néanmoins j'avais commencé, que je le veuille ou non. Il n'était plus possible de nous séparer, mon bourreau et moi. Un requin qui a mordu est obligé de happer davantage ou de finir étouffé.

⋆

J'ai mis là, concentrée, toute la noirceur qui macère en moi, parce que c'est lourd à porter quand on veut s'en cacher, mais, si l'on renonce au secret, tout à coup l'effort s'allège, on est comme délesté par le regard des autres, qui prennent leur part, qui vous plaignent, le fardeau se change en bulle, il finirait par vous tracter, mais non, là j'exagère, je prends mes rêves pour des réalités.

⋆

Il a dit des horreurs sur les femmes, mais qui n'en a pas dit ? Tous les grands hommes, à peu de chose près. N'étaient-ils entourés que de dindes ? Est-ce l'époque ?

Je me berce aussi de Nietzsche, qui pourtant aurait écarté mon avis d'une chiquenaude, comme on se débarrasse d'un animal domestique, mignon mais pompant. Allez ouste, du vent. Qu'on se retrouve entre hommes.

Cioran dirait-il la même chose aujourd'hui ? Bête question. Il ne dirait rien pareil, ni ça ni le reste, tout discours est le produit de son époque.

Non, pas chez lui, justement. Dit-il.

Il est obsédé par le temps au point de s'en détacher. Il dérive, mélancolique ou effaré, dans une sphère de conscience déracinée, désancrée, affranchie de repères. Il survole l'histoire, les continents, les classes sociales, pour ne retenir que le dénominateur commun de l'espèce : désespoir.

⋆

Cioran, si tu étais mon père, je t'en voudrais plus qu'à tout autre père, car on ne pardonne qu'à ceux qui ne savent pas ce qu'ils font.

★

Dieu merci, je dors, et pendant ces heures mon bonheur est total, inaltérable et rond. Mais ce jour-là, à peine réveillée, avant même d'avoir enfilé mon identité, l'obsession de Cioran a bondi sur moi de toutes ses griffes. Elle était tapie sur le coin du matelas, guettant le premier frémissement de mes paupières. Que l'inconscience était confortable. En un clin d'œil, fini, me voilà de corvée, pieds et poings liés dans l'étau. J'en ai pour toute la journée à me faire triturer dans ses pattes.

★

J'ai pris mon Bic et mon carnet, autant s'incliner, que toute cette furie me traverse, faisons celle qui n'est pas là, les ouragans, ça secoue mais ça s'épuise un jour, accroche-toi à ton squelette, Marinette, on verra bien qui durera le plus longtemps, la jeune fille ou la mort, quelque chose me dit que c'est tout vu, mais j'ai encore l'espoir, enfoui quelque part, de mourir vieille, rien que ça.

★

Prenons-le à bras-le-corps, ce monstre intime, pétrissons-le à pleines mains, ce sera l'occasion de savoir si mes neurones sont équipés de disjoncteurs.

★

Qui suis-je, moi, pour parler de lui ? Ni sa fille, ni sa femme, ni son élève, ni sa confidente, ni son amie, ni une connaissance proche ou lointaine, ni même du nombre de ceux qui l'auraient approché sans être remarqués de lui. Non, rien. « Bon sang, mais que savez-vous de lui ? Tout par ouï-dire ? » Même pas. Seulement par lu-écrire. Jamais je n'ai entendu quelqu'un parler de lui. Jamais je n'ai côtoyé d'homme qui a vu l'homme. Je suis aussi proche de lui que de Périclès, et je suis la première à penser qu'il serait plus sage de ne pas me mêler de ça, pas du tout, mais parfois on ne choisit pas. Ça m'a prise sans crier gare un mercredi soir.

★

La lettre que je lui avais écrite au terme d'une nuit particulièrement éprouvante, et dont la simple prémonition a dû l'achever :

Monsieur,

Je ne suis pas sûre que vous receviez jamais cette lettre, mais il faut que j'essaie d'en avoir le cœur net. Je ne cherche pas un réconfort mais une comparaison de symptômes. Voici les choses comme elles sont : le soir, quand je suis seule, l'effroi plonge sur moi comme un aigle sur un rat, aussi fort, aussi vite, aussi précisément. L'expérience du néant me pulvérise de l'intérieur. Le seul phénomène auquel je puisse comparer ces crises est l'orgasme, mais il s'agit d'un orgasme négatif, ou inversé, comment faut-il dire… un orgasme en creux, qui plonge dans les abysses de la douleur. Dans ces moments d'une stridence absolue, ma raison est atomisée, mon corps tétanisé, mon crâne démis dans une grimace qui devrait le disloquer. Cela m'a prise à quatorze ans, et j'en ai aujourd'hui vingt-huit, ce qui fait une moitié de vie dans l'inconscience et l'autre dans l'épouvante. C'est l'un ou l'autre, me direz-vous, nous sommes d'accord. Mais la question me poursuit de savoir si vous connaissez des manifestations physiques aussi outrancières (écartèlements serait un bon mot) ou si je suis incompréhensiblement seule à porter cette tare.

★

Je ne savais pas qu'il était gâteux. J'aurais pu tout imaginer : paralysé, dialysé, comateux, mais pas gâteux.

En fait, je ne m'étais pas posé la question. L'existence physique d'un certain monsieur Cioran et son état de santé ne faisaient pas partie de mes préoccupations, réelles ou potentielles. Il était pour moi cette voix intérieure qui s'allumait à intervalles réguliers pour déchiqueter les apparences. Il était le fond de moi-même, je ne vois pas pourquoi j'aurais imaginé qu'il pouvait avoir un rhume.

★

Se lamenter à ce point sur le fait d'être conscient, n'est-ce pas cracher dans la soupe, comme ces vedettes qui se plaignent bruyamment d'être sorties de l'anonymat ? N'est-ce pas un caprice d'enfant gâté ? Gâté, oui, il souscrirait sûrement à ce mot, mais alors au sens de fruit gâté. L'homme est un fruit gâté par sa conscience, et ce que d'autres brandissent comme une promotion fait figure chez lui de malédiction.

★

Puis-je vraiment imaginer que le chantre de la souffrance va me sortir de la mienne ? Après une vie d'épouvante, il a cassé sa pipe, exactement aussi démuni que tout autre. Cela devrait suffire. Pourquoi ne pas me tourner vers l'étude de l'accordéon ? Ce qui me pousse ici n'a rien de rationnel. Je suis hypnotisée. Sa voix est la seule que je reconnaisse. Je sais qu'il ne peut rien pour moi. Je sais peu de choses autant que cela.

★

J'ai la tête pleine de mines ; posées par qui ?

★

Être conscient, c'est, par définition, être séparé du reste du monde et livré à nous-même. De là part le discours de la chute et de la perte. Nous tombons d'un état « paradisiaque », où tout était uni, où nous n'étions pas encore arrachés à l'inconscience.

Mais pourquoi cette séparation entraîne-t-elle un tel bouleversement ? À peine isolés, nous voilà raisonnés, raisonnants, comme si la parcellisation de la matière avait pour contrepartie (récompense ou punition ?) son raffinement extrême. Vous serez seuls, mais vous serez subtils. Ou *vice versa*. On ne peut pas tout avoir.

★

Pour la messe d'enterrement, le tout-Paris était là, avec des caméras de télévision. On perdait un grand homme. On lut de beaux hommages. Cioran n'aimait que Bach et ce furent des chants roumains au kilomètre. Son enterrement l'aurait beaucoup déçu et fichtrement ennuyé. Heureusement, il y avait sous le porche un clochard qui vociférait des insultes, se moquant grassement d'un homme qui louait le suicide et qui s'était incrusté plus de quatre-vingts ans sur Terre. L'honneur était sauf.

★

Pour lui, il n'y avait que deux problèmes pratiques d'importance : comment supporter d'être en vie, et comment supporter d'être soi. Il fut d'abord soulagé d'être lui. Le voilà soulagé pour de bon.

★

Les marchands d'au-delà sont malhonnêtes. Ils vous font croire que la mort est un passage sous prétexte que les éléments qui vous composent continuent à exister. La mort est un passage pour vos atomes, en effet, mais pas pour vous. Vous ne passerez pas là où ils passent, car la conscience est un phénomène grandiose, qui ne passe pas les portes. La conscience émane du cerveau, comme la lumière émane des étoiles. Elle s'allume quand le nombre et l'organisation des neurones atteignent un seuil critique, tout comme la combustion s'allume quand l'étoile atteint une masse critique. Elle ne peut pas exister quand le cerveau s'est délité, pas plus que la lumière lorsque l'étoile a explosé.

Prenez une bobine de film, celle de *Casablanca* par exemple, et brûlez-la. Certes, les atomes qui composaient la pellicule existent encore. Ils sont dans le petit tas de cendres ou bien en suspension dans la fumée. Mais le film, à l'évidence, n'existe plus. Le film n'était pas dans les atomes, il était dans l'organisation des atomes.

★

Est-ce pour se consoler qu'il prend son désespoir pour un état « vraiment grand » ? Vraiment grave ne suffit pas pour être vraiment grand. Est-ce vivre une expérience supérieure que de constater l'inanité universelle ? Il n'y a rien d'exceptionnel à savoir qu'il n'y a rien d'exceptionnel. Ce constat, par quelque sursaut d'amour-propre, prend pourtant un certain relief, qui permet de traverser la vie en se prévalant d'une singularité, au moins une. Mais dans le plus profond de la douleur, quand le monde entier s'est évanoui, il est, hélas, irréfutable que seul le néant est « vraiment grand ».

★

Chanter dans le noir, c'est occuper le terrain. Primitif et peu efficace. Quand la terreur approche, quand la mort va fondre en flèche, je me mets à fredonner pour créer un cocon matériel. La nuit est redoutable parce qu'elle efface les objets. Elle retire les boucliers. Et tout peut arriver.

★

Pour échapper à la douleur d'être lui-même, le jeune Cioran passe des heures chaque jour englouti dans la lecture. Cette forme d'évasion lui sera nécessaire jusqu'à la fin de ses jours. L'écriture vient après, car elle n'apporte pas l'oubli salvateur, mais un soulagement partiel.

⋆

Parlons de la conscience ordinaire. Déjà, on ne sait pas d'où elle vient. Ni quand ni comment. Cherchez votre premier souvenir. Grattez bien. Cela vous mènera quelque part du côté de l'école maternelle, vers trois ou quatre ans. Diriez-vous, en repensant à ce moment, que vous étiez conscient, au sens réflexif et typiquement humain du terme, c'est-à-dire conscient d'être conscient ? Probablement pas. Vous étiez joyeux, ou fier, ou triste, ou frustré, mais pas conscient, pas encore. D'ailleurs, quand vous revoyez ce jeune enfant que vous étiez, vous pensez : « J'étais dans l'innocence, le bonheur, l'inconscience. »

Quand les choses ont-elles commencé à changer ? Y a-t-il un moment où tout a basculé ?

Il y a des moments clés : comprendre que les adultes commettent des erreurs, comprendre qu'on vous a menti, comprendre que le temps ne revient jamais en arrière, comprendre qu'il faut mourir. Ce sont des choses qui viennent progressivement avec la maturation du cerveau. Un jour, la charrette est bien chargée et devient impossible à tirer : bienvenue dans la condition humaine.

Impossible de mettre un âge sur le moment de cette « sortie d'usine », ou alors tout au bout, à quatorze ans pour ce qui me concerne, âge auquel la fin du processus de fabrication s'est soldée par une crise terrifiante en forme de court-circuit neurologique.

⋆

« Regardez les enfants, comme ils sont méchants[3] ! » Pour lui, il n'y a pas de pire miroir. La détestation de soi-même lui interdit de se dédoubler.

⋆

Nous n'avons pas coutume d'analyser nos états de conscience dans les conversations de salon. Nos humeurs, oui, nos états d'âme, éventuellement, mais rarement nos états de conscience. Deux catégories suffisent amplement, sur lesquelles il n'est guère besoin d'épiloguer : soit nous sommes conscients (éveillés), soit nous sommes inconscients (endormis, comateux, beurrés à mort). La représentation courante de la conscience se réduit au schéma on/off, le premier stade du raisonnement logique.

Il est pourtant patent pour chacun que la conscience se vit sur un mode éminemment variable. Le sentiment d'être soi est plus ou moins présent selon les circonstances, parfois aigu au point d'en devenir douloureux, le plus souvent occulté à des degrés divers par l'absorption dans une activité, un spectacle, une rêverie. Mais la description de cette modulation est franchement problématique, puisqu'elle suppose une certaine dose de... conscience. La conscience éprouve le plus grand mal à se surveiller.

Enregistrer notre humeur ou notre état de fatigue est relativement trivial, il suffit d'en prendre acte. Mais prendre conscience de notre état de conscience est tout simplement contre nature. C'est comme si un détecteur devait détecter sa propre capacité à détecter. Il s'emmêle les pinceaux.

Le moyen sage de fonctionner consiste à laisser la conscience surveiller tout sauf elle-même, car c'est assez compliqué comme ça.

⋆

Contrarié d'avoir des parents normaux à qui il n'avait rien à dire, il allait volontiers vers les ivrognes et les débiles avec qui il poursuivait de longues conversations, les admirant de passer leur temps à ne rien faire alors que tous les autres s'escrimaient sans raison valable. Il lorgnait même vers une carrière d'ivrogne, tant il enviait l'inconscience et l'orgueil fournis avec l'alcool.

⋆

Avant de sombrer dans le gouffre, il y a un moment où le sol se dérobe brusquement pour annoncer la crise, une sensation physique très reconnaissable, proche de celle qui vous prend une seconde avant de vomir, une seconde avant de jouir, ou une seconde avant d'éternuer, comme un signal d'alarme qui arriverait trop tard, car maintenant il n'y a plus rien à faire, vous pouvez être sûr que « ça » arrive, la vague est gonflée, elle déferlera.

⋆

Il parle de son enfance comme d'un paradis perdu. L'adolescence fut un drame, la jeunesse une tragédie, l'âge mûr un incurable ennui, la vieillesse une infamie. Seul brille dans le noir le petit village natal des Carpates et les cavalcades dans la montagne où les bergers étaient ses guides et amis. Un monde primitif où tout était possible, où rien n'était perdu.

⋆

Pour vaincre la douleur, se faire plus mal encore. Essayer la torture physique pure et simple. Faire grincer le corps jusqu'à ce qu'il veuille vivre. Le procédé semble un peu gros, mais puisque la meilleure défense est l'attaque, et qu'il n'y a rien ni personne à attaquer – c'est là le nœud de la douleur –, attaquons plus bas, sapons les bases matérielles de notre jugeote, détraquons les mécanismes, les bielles et les pistons. Je pourrais mettre des aiguilles ou des allumettes près de mon lit et commencer à me mutiler à la moindre alerte. Une vraie douleur, bien palpable, m'occuperait suffisamment l'esprit pour m'empêcher d'imploser. Mais il resterait toujours quelque chose de plus indéracinable que les crises, c'est de savoir qu'elles existent.

⋆

J'aime sa façon de voir le Christ, sauveur à la petite semaine, qui n'a pu réconforter que les naïfs, ceux qui étaient « simplement seuls », sans même atteindre les autres, ceux qui sont « tout à fait seuls ». Ceux-là attendent toujours un sauveur d'une autre envergure.

⋆

Si seule l'expérience de la souffrance éloigne de la médiocrité, on comprend et on applaudit la fréquence des guerres qui viennent magnifier une génération après l'autre.

*

Son paradis perdu, c'est le village, la montagne, la vie au grand air, mais c'est surtout l'absence des parents. Avantage de la guerre : ils ont été déportés par les Hongrois. Pendant ce temps, le petit Emil s'ébattait en toute liberté sous l'œil bienveillant d'une grand-mère. Situation avec laquelle il sera impossible de rivaliser par la suite.

*

À quatorze ans, pour écarter cette horreur qui s'abattait sur moi, j'ai été quelquefois dans des églises. Sans résultat.

*

La réalité est une chose qui ne résiste pas à l'analyse, un projet fou qui n'aurait même pas pu passer la barre de la démonstration sur papier. Il y a un vice de fond, une contradiction interne, mais... ça marche quand même. La réalité s'accommode très bien de son état d'impossibilité, ou plutôt d'impensabilité.

*

Il ne retrouvait plus le chemin pour rentrer chez lui. La dégénérescence a fini par le confiner dans une chambre d'hôpital. Il a supplié ses amis de le faire sortir et a plusieurs fois essayé de s'échapper en hurlant comme un loup.

*

Le refus poussé jusque dans l'amnésie.

*

Depuis que la mort a pris possession de mon corps, je gigote comme un poisson dans un filet, en pleine asphyxie.

On dira : « Assez avec la mort, dansons ! » Et je danse aussi, je danse plus que les autres. Mais ce n'est pas une danse pour danser. C'est une danse de poisson sans eau, une danse d'effroi, des rires d'effroi, des joies d'effroi.

*

Si l'on admet que le monde existe, alors c'est l'analyse qui ne résiste pas à la réalité, et non l'inverse.

⋆

Un ami vient le voir dans sa chambre d'hôpital. Il ne le reconnaît pas. Au moment de partir, il l'attrape par la manche : « Cher ami, ne le répétez pas, mais je fais semblant d'être ici[4]. »

La clé de toute une vie.

⋆

Il y a toujours quelque chose d'agrandissant à être réduit à rien.

CHAPITRE DEUX

Fernande, même si cela ne me regarde pas

En week-end à la campagne, avec Tom, dans la maison de famille, je regarde une carte postale du début du siècle accrochée au mur. Un village, quelques personnes dans la rue, deux cochons à l'avant-plan. La photo a été agrandie. Elle est très floue. On voit les personnages, on devine à peine leur expression. Deux gamins assis sur des rondins, le visage tourné vers l'objectif, légèrement souriants.

— Si les carottes sont encore croquantes, ça te dérange ?

— … non, pas de problème… »

Tom retire la marmite du feu.

Un peu à droite des gamins, une bonne femme assez corpulente, robe longue, tablier blanc, coiffe blanche. Elle est de trois quarts, comme dans le geste de se retourner pour faire face à l'objectif. Les ombres qui dessinent son visage suggèrent qu'elle arbore un large sourire, avec les yeux froncés à cause du soleil. Il y a probablement un chien tout près d'elle, mais tellement flou et confondu avec la couleur du sol qu'il est difficile d'en être sûr.

— J'ai besoin de ton avis.

— Oui ?

— La tarte, elle doit cuire encore ou c'est bon comme ça ?

Je me lève pour aller jeter un coup d'œil à travers la vitre du four.

— Je la trouve un peu blonde. Laisse-la cuire encore cinq minutes.

Plus à droite, une fillette se tient près de la fontaine, une main derrière le dos, l'autre posée sur le rebord de pierre, dans une attitude un peu figée, guettant le déclic. On devine des carreaux sur sa robe, des chaussettes sombres jusqu'au genou. Son visage est extrêmement flou. On dirait qu'elle a les cheveux tirés vers l'arrière, en tresse ou en chignon. On ne voit que trois taches sombres pour les yeux et la bouche. Si elle sourit, c'est d'un sourire un peu raide, pas contraint mais sans doute timide.

Près du four, l'horloge et la minuterie mélangent leurs tic-tac en cacophonie, comme deux voix qui se superposent. La tarte est cuite et Tom a enfourné le pain à sa place. Il vient faire tourner la tarte encore frémissante sous mon nez.

— C'est pas joli, ça ?

— Magnifique !

La bonne femme est saisie dans le mouvement de se retourner au milieu d'un grand sourire. La fillette, elle, a préparé sa pose et la tient depuis plusieurs secondes au moins. On sent leur joie d'être photographiées. Un événement plutôt rare à l'époque. 1910, par là.

Sur la table, au-dessus du carnet où j'écris, mon regard est attiré par une toute petite bestiole noire qui se déplace sur la nappe en nylon. D'un geste machinal, j'abats un doigt sur elle, le majeur de la main droite, sans lâcher mon crayon, paf, d'un coup sec, la bête n'a pas eu le temps de dire ouf, ni moi de réfléchir, le geste est fait. Paf, d'un coup sec.

J'observe le visage de cette gamine, mais plus je le scrute, plus il se dérobe. Je perds même sa forme générale, il reste seulement de petits points noirs qui dansent. Je me dis, un peu facilement, que l'image se trouve dissoute comme la personne elle-même, morte et enterrée plus que probablement, après une vie, quelle vie au fait, son quota de joies, son quota de peines, ses cassures et ses heures trop longues, une suite d'instants que l'on pourrait épingler dans un livre, jour après jour, une vie qu'elle devait sans doute rêver, mais pas imaginer sérieusement ce jour-là, quand le photographe est venu au village et qu'elle a pris la pose le cœur battant.

Tom sort le pain du four et le perce avec une lame de couteau.

— C'est cuit. Regarde comme il est beau. Il a tellement gonflé qu'il a débordé du moule.

Il va ranger le pain fumant sur une claie, à côté de la tarte, nouveau trophée.

Il m'est toujours difficile d'imaginer l'avenir des fillettes, surtout quand il est déjà passé et que je médite sur un visage fantôme. Je souffre de savoir que le mal est déjà fait.

Pour les gosses qui courent, on se dit que tout est encore possible, en essayant d'étouffer la conviction que le pire est probable. On espère que pour cette fois, peut-être, le sort fera une exception.

Mais les visages repêchés du passé, quel coup ils m'infligent avec cette transparence, cette ignorance plaquée sur la figure ! Exactement comme s'ils ne savaient pas, comme s'ils n'avaient rien à voir dans tout ce qui s'est passé. Car cela s'est passé. C'est mathématique. Elle a grandi, elle a trouvé un mari, il travaillait, disons, dans les postes, elle a eu des enfants, certains sont morts à la guerre, et elle est morte d'un ulcère, tout cela, pourquoi ne le dit-elle pas tout de suite, au lieu de poser sournoisement près de la fontaine, fausse ingénue qui a déjà tout fait derrière notre dos, pourquoi cache-t-elle son jeu ?

Je suis gênée par l'idée de cet insecte que je viens d'écraser. Je me dis que ce geste n'était pas nécessaire. Qu'est-ce qui m'obligeait, bon sang ? Je n'ai même pas décidé de le faire, le coup est parti tout seul, machinalement. Je porte mon regard vers le lieu du crime. Le corps est toujours là. Je le saisis par une aile, entre le pouce et l'index. Je le dépose sur ma feuille. Je l'examine avec la pointe de mon crayon, petit corps recroquevillé, je vois nettement les pattes, les ailes, le reste est trop petit, c'était une bestiole minuscule, mais si délicate, si parfaite, si compliquée, un prodige pur et simple, et maintenant un cadavre sur ma page, cadavre de ma fabrication, quasi involontaire.

La fillette, *idem*, cadavre maintenant, souriant pour la photo, quel poing l'a écrasée ?

Je hais les fillettes qui ne peuvent pas s'empêcher de mourir.

Sa robe tombe à la hauteur des chaussettes. On voit un petit bout de chair blanche entre les deux vêtements.

— Tu regardes ma grand-mère ?

— Comment, ta grand-mère est sur la photo ?

— Oui, c'est la petite fille à droite.

— Ah, c'est ta grand-mère, tu es sûr ?

— Mais oui, pourquoi, c'est bizarre ?

— Oui. Non. Je ne sais pas. Tu l'as connue ?

— Non, elle est morte dans les années trente.

— Oh, si tôt ? (Paf, d'un coup sec.)

— Oui, en mettant au monde le cinquième. Mon père était le premier, il est né en 1922, puis les autres… et au cinquième ça s'est mal passé.

Soudain, je vois flou. La photo, la fillette, l'insecte, la mort, l'odeur du pain, tout se mélange. Je voudrais qu'il n'ait rien dit. Je rêvassais sur une carte postale, sur une fillette qui souriait depuis un siècle sans rien révéler d'autre que la joie d'une seconde. Je ne voulais pas qu'on me fourre dans la tête des images de son avenir déjà passé et fatalement désolant. C'est trop, il faut que je me repose.

Cioran, mon gars, mon frère, tu proposes de cultiver les moments extrêmes, de vivre à la pointe de la tension supportable, dans une apocalypse intérieure et dramatique, eh bien voilà, c'est fait, rien que la vie de tous les jours, ça me secoue comme une centrifugeuse, me voilà torpillée et alourdie d'une fillette qui va mourir en couches, si ce n'est pas un séisme que faut-il, et dire que toutes les fillettes vont mourir, j'en ai marre, c'est à hurler. Je souffle sur le cadavre minuscule et je referme mon carnet.

★

Suis-je vraiment la seule personne équipée d'un cerveau autofondu ?

★

Quand on crève de détresse spirituelle, autant s'en faire un étendard. Mais qui pensait-il tromper exactement ? Rien ne me fera croire qu'il ait pu se satisfaire d'écrire des livres, cette pantalonnade. Cioran trop peu désespéré ? Plutôt dépositaire d'une fougue juvénile qui se déverse sur tout, même en terrain ravagé, au mépris de toute logique et de toute évidence. Il y a quelque chose en nous qui veut vivre, malgré tout, malgré nous, et passer outre ce que nous savons. Comme une poussée de sève dans un tronc calciné.

★

Inséparable de la conscience n'est pas l'idée de Dieu en tant que telle, mais le besoin de causalité. Pourquoi la terre s'ouvre-t-elle sous nos pieds ? Pourquoi la montagne crache-t-elle du feu ? Pourquoi le vent ? Le raz de marée ? Ça ressemble à une énorme colère. Colère de qui ?

Quand la science a tout expliqué par le hasard et la nécessité, les dieux ont pu aller se rhabiller. Or, on reste sur sa faim.

★

La plupart des gens sont clairement malades. Il y a plusieurs sortes d'affections, mais toutes portent à vivre dans l'hallucination, le délire et la mythomanie.

★

Il a méprisé sa mère, jusqu'au jour où elle lui a confié que, pour elle, il n'y avait que Bach qui comptait. Stupéfaction ! Ils étaient de la même trempe.

★

Au début de la conscience, tout n'est qu'intentions. Guerres de vouloir entre les uns et les autres. L'esprit s'installe tranquillement dans la paranoïa. Comment admettre, après, que l'univers ne nous veut rien ?

★

Pour Cioran, il est quasiment impossible à l'homme normal de voir les choses telles qu'elles sont. Il ne le supporte pas. Seuls les monstres en sont capables, parce qu'ils sont sortis de l'humanité.

★

Le conférencier expliquait les tenants et aboutissants de la bilharziose. C'est une très longue histoire de vers, de vessies, d'eau, d'escargots, de circulation sanguine, et à la fin de toutes ces péripéties qu'est-ce qui se produit : un cancer des voies urinaires ! À ces mots, une femme derrière moi a éclaté de rire, avec un bruit de mur qui tombe. Secouée de gloussements irrépressibles par l'inattendu de cette conclusion. Et l'inattendu de son fou rire à son tour a entraîné toute la salle, y compris l'orateur qui devait encore nous expliquer dans quelles horribles souffrances les victimes succombent.

★

Souvenir d'enfance en Roumanie. Lors de l'enterrement d'une petite fille, soudain un rire strident, inextinguible, interminable, pendant qu'on descend le cercueil. C'était la mère. Cioran explique : « Tout est si insensé, si gros comme on dit aujourd'hui, que l'absurdité peut aussi s'exprimer par le rire[1]. » Lui-même s'était fendu la pipe à l'enterrement d'un ami en repensant à la façon dont celui-ci se démenait pour accomplir des choses.

★

Il écrit des livres pour obtenir un soulagement, parce qu'une obsession exprimée est à moitié vaincue. Cependant, il apparaît qu'elle repousse immédiatement, puisqu'il continue à écrire jusqu'à près de quatre-vingts ans. La thérapie est peut-être efficace, mais le traitement, illimité. Il faut expectorer sans arrêt les glaires qu'on sécrète pour conserver l'accès à l'air.

★

La vie est un train qui part sans moi tous les quarts d'heure.

★

Il faudra me souvenir que je peinais déjà à vingt et des ans. Ne pas attribuer la difficulté à la vieillesse.

★

Fils de pope, il perd la foi à l'adolescence. Dès lors, il quittera la table et filera aux toilettes chaque fois que son père récite le bénédicité.

★

En perdant Dieu, il perd le sommeil. Ses insomnies sont si insupportables qu'il estime que ses parents devraient les financer. Il erre des nuits entières dans les rues de Sibiu, troué par le néant, incapable de trouver un sens à quoi que ce soit, apostrophé de-ci, de-là par les ivrognes et les prostituées. *A posteriori*, il estimera ces nuits comme les plus extraordinaires de toute son existence.

⋆

Pour bien faire mon travail, je devrais aller voir des cadavres, les observer en train de se dissoudre, me vautrer dans leurs liquides puants. M'obliger à toucher le fond pour voir si j'y resterais ou non, pour en avoir le cœur net.

Et puis non, je sais déjà tout de la mort. Ce qu'il advient des corps n'est pas le cœur de l'affaire.

Comme je réfléchissais à ces histoires de cadavres, en me promenant dans la forêt, je me suis surprise en train de marcher en équilibre sur un tronc d'arbre. Un vieil amusement de l'enfance était remonté à la surface à mon insu, tandis que je m'occupais de nos fins dernières.

⋆

Parler de lui, en aurez-vous l'étoffe ? Je ne crois pas qu'il s'agisse d'étoffe. C'est plutôt le manque d'étoffe, justement, qui caractérise les gens comme lui et moi, l'absence totale de courage pour affronter les plus menus gestes de l'existence. Ce courage était peut-être présent au début, dans la petite enfance, mais il a été écartelé, transpercé d'une lucidité cinglante, qui nous laisse absolument défaits, sans ambition et sans autre aptitude que de nous adonner à quelques jeux de langue totalement gratuits.

Il a toujours été une voix intérieure, depuis le premier mot, une voix de feu. Avec lui, on sait à quoi on s'expose.

Moi, j'ai des inflexions plus doucereuses en m'adressant à vous. Je suis une voix badine, vous ne vous méfiez pas.

⋆

Quand j'avais huit ou neuf ans, ma directrice d'école est morte en s'étouffant avec un noyau de cerise. Ma mère n'a pas apprécié que je me mette à rire. On ne se moque pas du malheur des autres. Je trouve que ça réduit à presque rien les possibilités de s'amuser.

⋆

Ceux dont il enviait la naïveté, il les méprisait dans le même temps et sans détour : « Les nullités. » Son attrait pour l'inconscience n'était qu'un vœu pieux. Trop théorique. La conscience a beau être amère, insupportable même, il n'est pas question de faire demi-tour. L'aurait-il voulu, une thérapie bien choisie aurait pu lui offrir le paradis sur Terre. Quelques drogues et hop… Mais le supplice de la lucidité est pervers parce qu'il s'accompagne d'un sentiment de supériorité. On ne peut donc s'en détourner tout à fait.

*

Ce que l'on peut envier, c'est la capacité de vivre pleinement et exclusivement l'instant présent, qui est un privilège de l'inconscience. La vache broute toujours avec la même sérénité, qu'elle aille ou non à l'abattoir demain. Mais nous, qui anticipons l'abattoir, nous n'arrivons plus à brouter tranquillement. Tout est pollué.

*

Pendant ses nuits d'insomnie, il est au supplice d'une lucidité continue, et dans le même temps, par une sorte de compensation des extrêmes, il reçoit l'expérience la plus troublante de toute son existence : il traverse quatre fois l'extase – des moments de bonheur extraordinaire, perchés sur un vide triomphal.

Que le vide puisse porter une expérience euphorique le plonge dans la stupéfaction. Il sera désormais attiré par la mystique bien plus que par la philosophie, la religion et la science réunies.

*

Le soir, dans le silence du lit, dans l'absence de tapage, horreur de sentir mon corps qui palpite. On dirait une souris prise au piège, un agneau qu'on va égorger. Tout va trop vite. Les poumons, le cœur, les liquides, les frissons. Je ne connais rien de plus inconfortable que de rester en vie.

*

Athéisme, bordels, beuveries, insomnies, lectures : telle est l'équation du jeune Cioran étudiant à la faculté de philosophie de Bucarest.

★

Il est fasciné par les biographies des saints et des saintes, ces êtres qui ont tenté l'aventure verticale, voulu parler d'égal à égal avec Dieu, prétendu s'extraire de la vie et vivre dans la révolte ininterrompue.

★

Le lendemain, brisant mon vœu d'ignorance, j'ai demandé à Tom ce qu'il savait de sa grand-mère. Elle s'appelait Fernande. Elle était instruite, femme au foyer, le docteur avait prévenu qu'elle ne devait plus avoir d'enfants parce que c'était dangereux pour sa santé. Sa mère en a beaucoup voulu au mari, un chaud lapin qui était douanier et premier tambour dans la fanfare. Champion de caisse claire, avec prix et décorations. Après la mort de Fernande, il a immédiatement eu des vues sur sa sœur. La mère a même prétendu plus tard qu'il fricotait déjà avec elle alors que le corps de sa femme n'était pas encore froid. En tout cas, elle ne voulait pas en entendre parler. Il ne lui restait que cette fille-là ; pas question qu'elle se fasse elle aussi engrosser jusqu'à ce que mort s'ensuive. Et par le même homme en plus. Pour éviter le pire, elle est allée chercher une autre femme, une jeune veuve avec une fille, et l'a fourrée dans les bras du beau-fils, avec ordre de l'épouser sans discussion. Les cinq enfants de Fernande ont été élevés par cette belle-mère, et plutôt maltraités selon leurs dires, sauf le dernier qu'elle avait trouvé tout bébé. La sœur de Fernande accoucha quand même d'une fille dont tout le monde devinait l'origine. Elle se maria plus tard avec un brave homme.

Fernande est enterrée au village, seule. Son mari et sa remplaçante reposent ensemble à l'autre bout du même cimetière.

★

Après le dîner, pendant que je consigne le destin de Fernande, Tom se lève pour allumer la radio. Il reste debout, l'oreille tendue, écoutant le commentateur d'un match de football, Fréjus Saint-Raphaël contre Beauvais ; le match se termine par deux buts partout, deux buts stupidement concédés par Beauvais en seconde mi-temps.

★

Comme on a toujours le regard attiré par ce qui fera mal. Les charognes sur l'autoroute, les infirmes dans leur chaise, les gros titres dans les journaux, les prix dans les vitrines, les poils dans le nez du prince charmant.

★

À vingt ans, Cioran déconsidère définitivement la philosophie. Elle ne peut rien contre l'insomnie.

★

L'après-midi, nous avons été nous promener en forêt. Je marchais en songeant à Cioran et à la mort, mes inséparables compagnons. J'avais commis l'erreur de mettre des chaussures neuves et au bout de dix kilomètres mes pieds commençaient à me faire souffrir. Nous nous sommes arrêtés au bord de la rivière pour piqueniquer. En me remettant en route, la douleur est devenue insupportable. J'ai fait tout le trajet en gémissant à chaque pas, constatant pour de bon à quel point la douleur empêche de penser. La souffrance physique pour occulter la souffrance tout court, c'est vrai, ça marche, mais quel piètre stratagème, si peu fiable : à peine assise, je n'avais plus mal. Je me suis remise à penser.

★

J'ai une de ces envies de changer de chaîne ! Manque la télécommande.

★

On peut prétendre que les grands mélancoliques sont des chats de salon qui n'ont jamais connu de vraies épreuves. Ils inventent des souffrances de toutes pièces pour s'occuper. Mais, s'il y avait une bonne guerre ou une maladie grave pour remettre leur pendule à l'heure, vous les verriez oublier leurs questions existentielles et regretter le bon temps où ils pouvaient se permettre de gémir sans raison.

Tout au contraire, ce sont les victimes et les déshérités qui se méprennent, distraits qu'ils sont par leurs soucis. Maladies, deuils, accidents, séparations, oppression, misère… autant de pantins grimaçants qui occupent leurs facultés et les éloignent du plus terrible malheur qui est le simple désespoir de vivre.

★

Je n'attends rien des gens qui écarquillent les yeux au mot métaphysique.

★

Il propose de faire le choix de la lucidité, puisqu'elle est déjà là, et pourquoi pas d'en être fier, de cette lucidité atroce mais pourvoyeuse d'élévation. Fier d'avoir osé vivre le désastre jusqu'au bout. Premièrement, j'attends la récompense, et sœur Anne est ma cousine, deuxièmement, je n'ai rien choisi ni encore moins osé. L'épouvante m'est tombée dessus sans crier gare, par une belle nuit d'été. J'ai dû la supporter, ce qui ne fut jamais possible ; je tente de lui survivre, et je n'y vois rien d'élevé, sauf le point de vue sur ma vie qui devient misérable à proportion. Le désastre est garanti. Le reconnaître est inévitable. Le dire est la seule chose facultative. J'essaie pour voir.

★

Il faut vivre beaucoup de choses pour récolter du bon et du mauvais, plutôt que rien. Ainsi, je cours du matin au soir pour grossir les statistiques, pour gonfler ce qu'on ne peut pas étendre, notre bête vie.

★

Tom m'a montré une autre photo de Fernande. Un portrait pour lequel elle s'était rendue chez le photographe avec une belle robe à carreaux serrée à la taille, les cheveux relevés en chignon. Une femme bien en chair, apparemment solide. Elle tient en main un livre qui ne peut être que la Bible, avec son index retenant une page, comme si elle venait d'interrompre sa lecture. Un camée est agrafé sur le col de sa robe, juste au milieu du cou. Le nez est légèrement retroussé, la bouche bien dessinée, les yeux calmes. Une belle femme.

★

Je pense que je suis née avec une muselière et qu'il me faut par tous les moyens chercher à m'en débarrasser. Puis je pense que mon corps entier est une grande muselière et que je ne pourrai jamais m'en défaire sans me défaire aussi.

★

Pour un oui ou pour un non, le sens dont on était sûr défaille. C'était bien dur, bien net, on pouvait s'appuyer. C'est parti.

★

Après avoir perdu la foi religieuse et la foi philosophique, il fera une troisième crise : la foi nationaliste. En quête d'un sens de l'histoire, il sympathise avec les militants de la Garde de fer, un mouvement révolutionnaire d'extrême droite qui mélange idéaux politiques et exaltation mystique.

Une fois guéri de cette crise-là, on ne l'y reprendra plus.

Ce n'est donc pas un incroyant, c'est un repenti qui nous parle. Dans ses écrits, il bombarde de sarcasmes Dieu, les philosophes et les utopies, ses trois péchés de jeunesse.

★

Il vitupère contre la quantité de mensonges qu'on inculque aux enfants. Les grandes déceptions découlent des idées fausses qu'on s'est faites sur la vie avant d'y entrer.

★

Seuls trouvent grâce à ses yeux : les musiciens, les romanciers et les poètes, qui traduisent ce qu'ils ressentent sans chercher à en tirer de conclusions.

Plus admirables encore sont ceux qui ont tiré leur révérence sans laisser la moindre trace.

★

La folie est peut-être l'aboutissement de l'homme. Sa perfection ultime. Il y a quelque chose de tellement juste dans la démence. Et de tellement monstrueux dans la normalité. Je donne vingt cargaisons d'employés modèles contre un état limite.

★

Plus tard, j'ai demandé à Tom de m'emmener au cimetière. Un espace délimité par un mur de briques à l'écart du village. À l'intérieur, du gazon avec une seule allée centrale de gravier, et des tombes disséminées, par endroits concentrées, à d'autres parsemées. C'est un vieux cimetière dont toutes les parcelles ont déjà été occupées puis vidées, puis occupées, puis vidées…

Tom se dirige vers la gauche, se demandant si elle y est toujours, cherche un peu, trouve assez vite.

— La voilà, Fernande Renard.

Une tombe toute simple. Du gravier entouré d'une bordure. Un petit massif de verdure qui déborde. Sur la pierre, on peut lire : « À la mémoire de Fernande Renard, 1899-1933. » Posée au sol, une petite plaque rajoutée : « À notre mère regrettée ».

— Elle est là pour combien de temps ?

— Ça doit être une concession à perpétuité, qui dure cent ans, je crois.

— Et sinon ?

— Sinon, ça dépend pour combien de temps on paie. Quand la concession est finie, on retourne la terre.

— Et le cercueil ?

— Je suppose qu'il est pourri et qu'on évacue les ossements.

— Dans une poubelle ?

— Euh… je ne sais pas.

— Je croyais qu'il y avait une boîte métallique dans les cercueils.

— Maintenant oui, ils sont étanches.

— C'est plus triste, tu ne trouves pas, de pourrir dans une boîte plutôt que de se mélanger à la terre ?

— Si tu veux mon avis, ça ne change pas grand-chose.

Sur la tombe de Fernande, le petit massif est constellé de tiges et de fleurs d'œillet séchées. Tom se baisse et commence à arracher les tiges une par une.

— Pourquoi les enlever ?

— Pour que les fleurs soient plus grosses l'année prochaine.

Je le laisse faire pendant un moment. Qu'est-ce que la grosseur des fleurs peut bien faire à Fernande ? Là non plus, ça ne change pas grand-chose. Finalement, je m'accroupis à côté de lui et je commence à arracher les tiges jusqu'à en avoir les mains pleines. Comme le cercueil est pourri depuis longtemps, j'ai nécessairement quelques atomes de Fernande entre les mains, pompés par les petites racines vigoureuses.

— Voilà, elle est propre, dit Tom.

Je n'ai pas saisi ce qu'il voulait dire exactement, si le ton était ironique ou non, s'il pensait à l'expression « nous voilà propres », mais je me sentais plutôt bien, j'éprouvais une sorte d'euphorie légère, ce qui était tout nouveau dans ce genre d'endroit.

Je propose d'aller voir le mari. Nous nous dirigeons vers l'autre côté du cimetière. La tombe est envahie par un arbuste rampant qui cache les noms. À trente mètres à vol d'oiseau de Fernande, il est là, le chaud lapin, aux côtés de sa seconde femme, sous un rectangle de terre délimité par de gros cailloux irréguliers, recouvert par un arbuste vindicatif, un fouillis de fleurs artificielles très vieilles et de mauvaises herbes. Une bouteille en plastique aussi. Sur un coin, enfouie sous une branche de l'arbuste, une plaque de l'amicale dans laquelle il jouait de la caisse claire. Une très vilaine tombe au total. Creusée quarante ans après celle de Fernande. Quarante années de travail, de joies, de musique, de fatigues, de galipettes, tout cela sans elle. Maintenant, c'est du pareil au même. Atomisés l'un comme l'autre.

★

Passionné du détachement prôné par les sagesses orientales, Cioran est débordé par son tempérament fougueux et colérique. Il pouvait sortir faire les courses dans le quartier et rentrer atterré : « Je me suis encore engueulé avec le boucher. Est-ce qu'on s'engueule avec son boucher ? C'est une honte[2]. »

★

Pousser la conscience d'exister jusqu'à s'immobiliser. S'éteindre de saisissement. S'anéantir dans la contradiction poussée à son terme.

★

Nous partons marcher dans la campagne. Tom fredonne un air de Brassens : « Quand je pense à Fernande, je bande, je bande... »

J'ai l'impression d'avoir remporté une victoire en restant sereine au cimetière. C'est tout juste si cette petite visite ne m'a pas mise de bonne humeur. J'ai peur qu'il s'agisse d'une impression fallacieuse. C'est peut-être parce qu'il fait beau et que Tom chante. Qui sait si cette nuit je n'en crèverai pas de douleur ?

★

La nuit, le monde se retourne comme un gant.

★

Il arrive en France en 1937, pourvu d'une bourse de l'Institut français de Bucarest et d'un projet de thèse sur Bergson qui n'aboutira jamais. Il parvient néanmoins à prolonger sa bourse jusqu'en 1944. Sa principale activité consiste à sillonner la France à vélo et à s'arrêter dans les cimetières de campagne où il s'allonge entre deux tombes et passe des heures à fumer des cigarettes. Il s'en souvient comme de la période la plus active de sa vie.

★

Je ne sais pas où il est enterré, je n'ai pas fait d'enquête, j'ai appris sa disparition par la radio, et j'ai réalisé que jamais de ma vie je ne pourrais le rencontrer. Je n'avais pas ce projet, mais le jour où il est mort, j'ai compris que jusque-là j'aurais pu.

★

Concession à perpétuité : cent ans. C'est ça, l'éternité pour les humains. Quelque chose d'un peu plus long que leur vie.

★

Une de ses colères mémorables : quand une belle et jeune Suédoise se fit passer pour une admiratrice alors qu'elle représentait l'Académie suédoise désireuse de pressentir Cioran pour le Nobel. Il la mit dehors en rugissant : « Jamais ! »

★

Ma chanson n'est pas une chanson, c'est un cri de pendu.
Les pendus ne crient pas.
Justement.

★

Chacun a son style pour se tailler un chemin dans l'existence. Ceux-là ont l'air de dévaler une pente de bobsleigh, d'autres s'escriment comme s'ils creusaient le tunnel sous la Manche, d'autres encore avancent à tâtons dans un labyrinthe en s'excusant à chaque obstacle. Le pire, c'est de se sentir perdu dans une immensité indifférente, sans bonne raison d'aller à droite plutôt qu'à gauche, sans aucune règle, indication ou aucun repère pour choisir entre courir à s'en péter la rate ou bien s'asseoir par terre et pleurer.

★

Pourquoi la bicyclette ? Parce que c'est beaucoup plus efficace que la philosophie contre l'insomnie. Après des étapes de cent kilomètres, le corps finit par se ranger. Plutôt qu'une thèse sur Bergson, c'est le tour de France à vélo qui aura raison de la surchauffe des circuits.

★

Tom se met à manger une pomme très bruyamment. Je lui dis que j'ai l'impression d'être assise à côté d'une vache. Il répond : « Moi aussi. » Je l'engueule. Il dit : « Pourquoi ? J'ai dit la même chose que toi. » Pas du tout.

★

Plus tard, nous nous promenons dans un pré, Tom tenant une carte en mains, à la recherche d'une borne qui devrait indiquer le point culminant de l'endroit : 385 mètres d'altitude. La borne est sur la carte, mais la carte est vieille, et des choses ont dû se passer depuis car le chemin censé passer à cet endroit n'existe plus, et la borne elle-même est introuvable. « Le fermier a dû la virer », dit Tom qui semble vraiment troublé par cette absence, comme si c'était un fleuve qui manquait, ou un continent. Quand les choses ne sont pas comme indiqué sur la carte, la vie devient d'un coup beaucoup plus hasardeuse.

Décidant qu'il ne sert à rien de chercher davantage, il se dirige vers un petit bois de pin pour soulager un besoin naturel. Il disparaît dans les arbres et moi je l'attends en lançant sur le paysage un grand regard circulaire. Quand mes yeux s'arrêtent à nouveau sur le petit bois de pins, je me dis que je pourrais me trouver ici toute seule, en train de me promener et d'admirer le paysage, que cela serait parfaitement plausible, qu'aucun signe extérieur, en ce moment précis, ne prouve qu'il en est autrement, et pourtant, moi je sais que dans ce bois, caché entre les arbres, il y a mon amour qui pisse.

Cette idée de ce qui est et de ce qui n'est pas m'impressionne si fort que j'en viens à douter de l'un comme de l'autre, et à souhaiter très intensément le retour de cet homme, pour confirmation, des fois que je me serais trompée, et qu'il n'y aurait personne dans ce bois, personne qui m'aime.

Pourquoi, cette fois-là précisément, il est apparu comme un diable hors d'une boîte, s'est mis à courir pour me prendre dans ses bras et m'embrasser, je ne me l'explique pas du tout, mais cela me convenait particulièrement bien. Il m'a serrée très fort en disant : « Quel beau dimanche ! » Oui, c'était vrai. Fernande y était peut-être pour quelque chose.

CHAPITRE TROIS

Petite naissance, incidemment

Dans la voiture, sur la route du retour, le journal parlé nous apprend un fait divers d'une ampleur inhabituelle. Dans le sud, un adolescent de seize ans massacre trois membres de sa famille à coups de marteau après quoi il se rend dans le village voisin muni d'une carabine et il tue sept personnes, en blesse huit autres, avant de se tuer lui-même, à l'arrivée de la police.

Quel beau dimanche…

⋆

Le tueur fou s'appelait Éric. On ajoute souvent le mot fou derrière le mot tueur, comme s'il était plus étrange de tuer les gens que de les mettre au monde. Pour moi ce sont les géniteurs qui sont suspects, mais passons. Les journalistes insistent : forcené de seize ans, crise de folie, geste insensé, équipée meurtrière, quand bien même les descriptions des témoins laissent deviner tout autre chose : « Il n'avait pas l'air particulièrement excité. Il marchait tranquillement sans se presser, tenant une carabine à la main. » Il a achevé sa « course folle » dans un massif de fleurs, au pied d'un cyprès, avant de se tirer une balle dans la tête.

⋆

Immédiatement, on cherche les raisons qui ont pu pousser un gamin à tirer au hasard sur tout ce qui bouge. Des raisons, il en faut.

⋆

Cependant, le village d'Éric Bichet était en fête ce jour-là. On y organisait une course pédestre au profit de la lutte contre la mucoviscidose. Le drame n'a pas troublé les flonflons amortis par la pluie. La maison des Bichet est loin, de l'autre côté de l'autoroute.

★

Situation familiale compliquée, culte nazi (des photos d'Hitler auraient été retrouvées dans sa chambre), ce sont les premières hypothèses qui viennent combler le vide. Des explications à tout prix. Le vide me paraissait suffisant.

★

Je déteste adresser la parole aux enfants. Ils me flanquent la mauvaise conscience autant qu'un ours me ficherait la trouille. Toujours obligée de mentir et de cacher le pot aux roses, auprès de ces condamnés qui ne le savent pas encore.

★

Tout le monde se plaint de ne trouver personne à la hauteur. Moi je cherche quelqu'un à la profondeur.

★

Cette nuit, j'ai rêvé que j'avais envoyé ma lettre. Comme il ne répondait pas, je suis allée en porter une autre à son domicile. On ne répond pas. Par la fenêtre, je vois une silhouette. Il s'agit d'un collègue, que je suis très étonnée de trouver là. Il finit par m'ouvrir et m'expliquer que Cioran n'a jamais existé. C'est lui, ce collègue, qui a tout écrit en quelques années, et puis on a monté une biographie bidon.

Je suis abasourdie.

Il est désolé.

★

À l'adolescence, il est miné d'insomnies, de révolte, de nihilisme et d'énergie inutile. Sa mère, de plus en plus désespérée, lui fait cet aveu : « Si j'avais su, je me serais fait avorter ! » Le fiston s'en trouve tout ragaillardi. C'était exactement ce qu'il fallait lui dire pour alléger son fardeau.

★

Qu'est-ce qui pourrait aboutir dans ce monde en queue de pelle ? Aboutir est déjà un gros mot.

★

Je m'offre parfois le plaisir d'un duel des yeux avec le chat. J'ai l'impression de défier la vie en face, je veux dire toute la vie, la création dans son ensemble. Pour un croyant, Dieu est dans chacune de ses créatures ; pour moi c'est l'absence de toute transcendance qui s'y trouve étalée et je tiens à la regarder en face. Une absence mordorée, intense et quasiment sournoise. Il n'est pas question que je sois la première à baisser les yeux, même si ce regard me glace le sang. Et l'on pourrait nous trouver ainsi régulièrement, le chat et moi, les yeux rivés l'un à l'autre, moi par bravade, lui par simple mimétisme, je suppose, sans qu'il en sorte jamais rien. Mais il faudrait pour cela que l'on nous prenne par surprise, car nous ne nous permettons jamais rien en public.

★

Avoir des mômes. Quand je pense qu'il faudrait faire la file chez l'orthodontiste parce que leurs dents poussent de travers…

★

Qu'est-ce qui pourrait aller droit, quand tout l'humain est déjà bancal ?

★

L'intimité avec la mort parsème la vie de précipices mais elle lui confère aussi quelques sommets. Entre les épouvantes purulentes, il y a des jubilations indescriptibles, des euphories à tout bout de champ, à tout propos, aux moments les plus incongrus, sans aucun motif, si ce n'est l'absence de tout motif de se réjouir. Dans la rue. Au concert. Dans le métro. Vertiges immenses. Félicités qu'il faut soigneusement camoufler, parce qu'elles n'ont rien à faire là. Sentiment de vivre au-delà de l'explicable, dans un régime de folie pure, la folie du réel.

★

L'euphorie est une forme de consolation, mais en est-ce vraiment une ? N'est-ce pas plutôt le plus insidieux des trompe-l'œil ? Un attrape-mouche de deuxième génération, pour les fines mouches seulement, qui ont résisté aux séductions grossières de l'existence. N'est-il pas tout aussi pitoyable de s'abandonner au vertige nihiliste que de s'abandonner à la dégustation gastronomique ? On peut se mépriser même et surtout quand on s'abîme dans la contemplation de son mépris pour la vie.

★

Procréer, impossible. Je ne me pardonnerais jamais d'avoir introduit quelqu'un dans le couloir de la mort.

★

Je suis un cul-de-sac de l'évolution. Elle n'ira pas plus loin par ici.

★

J'hésite à persévérer dans mon entreprise. Ayant une bonne idée des gouffres qui s'y trouvent, je devrais plutôt prendre mes jambes à mon cou. Mais un espoir idiot me fait penser qu'en allant au-devant de la terreur je pourrai peut-être la vaincre définitivement. C'est la seule chose que je n'ai pas encore essayée. Jim Morrison, dans une chanson, donnait ce conseil : « *Kiss the snake on the tongue.* » Il faut embrasser le serpent sur la bouche.

★

Comment fait-on pour embrasser la mort sur la bouche ? On meurt, c'est tout. Impossible d'en tirer bénéfice.

★

Je vais me contenter de regarder le serpent dans les yeux. Jusqu'ici, je n'ai pas eu le choix. Il s'est planté devant moi toutes les nuits. Ne reste plus qu'à lui rendre son regard.

★

Voilà quelqu'un qui ne pouvait plus supporter l'horreur du monde. Il s'est tué d'une manière spectaculaire, pour que ça se sache. Il a eu droit à un entrefilet dans le journal. L'acte le plus extrême que l'on puisse commettre : sans portée aucune.

⋆

L'épouvante s'annonce par un vacillement de toutes choses autour et à l'intérieur de moi, des picotements de terreur dans tout le corps et avant ça dans la pensée. Il suffit d'un mot, une image, une idée, qui agissent avec la brutalité d'un interrupteur, et le tremblement s'empare de moi pour annoncer l'implosion générale. À ce moment, une seule chose peut encore être pensée distinctement : le mot *non* en lettres exorbitées. Refus convulsif de chaque atome de mon corps. Mais c'est trop tard. J'étais assise sur une chaise, insouciante, et la chaise a disparu d'un coup. Au moment où le vertige me prend, le vide est déjà là, je suis en cours d'aspiration, il n'y a plus rien à faire. Tomber en chute accélérée. Et mon cerveau se révulse d'un coup comme un estomac qui vomit.

⋆

Pourquoi faut-il des mobiles à nos actes, s'il n'en faut pas à nos effrois ?

⋆

Il a dit des horreurs au sujet des femmes, surtout dans sa jeunesse, mais je ne lui en veux pas. Il a dit aussi que toute vérité est locale et toute pensée, de circonstance.

⋆

Mais comment a-t-il pu s'occuper de Dieu, ce vieux nounours rapiécé qui ne fait même plus illusion ?

⋆

Le suicide aussi est dérisoire. Un caprice d'enfant gâté qui croit encore pouvoir impressionner.

⋆

Au journal parlé : « Scandale au crématorium. Les cendres des défunts ont été mélangées sans égard pour la sensibilité des familles. » C'est aussi très peu d'égards pour la sensibilité des auditeurs qui mâchent tranquillement leur müesli.

★

Un soir, l'un des amis qu'il a invité à dîner se présente chez lui avec sa femme enceinte. Cioran devient blême et le reste toute la soirée, qu'il écourte. Après leur départ, il jure en tempêtant que c'est la dernière fois qu'il supporte une pareille horreur.

★

Pour ma part, je vois gonfler le ventre de ma copine dans des proportions inquiétantes, et je n'aime pas cette impression de la voir transformée en Cocotte-Minute.

★

Parfois, je croise une femme de ménage qui traîne les pieds, balaie la rue en maugréant, et je compatis infiniment au sort cruel qui la voue au torchon. Puis, je me rappelle que ma position est bien pire encore. Je n'ai même pas de torchon pour me raccrocher à l'existence.

★

La famille est le lieu des pires cruautés. Jamais un pied là-dedans. Ne pas être tortionnaire. Ne pas devenir mère.

★

Je viens d'apprendre qu'il existe un bureau international de la rotation de la Terre. Il y a là des gens qui mesurent très précisément la durée de la rotation terrestre, jour après jour, au moyen d'instruments on ne peut plus sophistiqués répartis sur toute la surface du globe. Vous serez très surpris d'apprendre que, pour des raisons encore mal connues, la durée exacte du jour terrestre varie de quelques micropoils de seconde d'un jour à l'autre. Il y a là deux choses remarquables : premièrement, les raffinements de dentellière de dame nature ; deuxièmement, l'empressement des humains à y voir des sujets de doctorat.

★

Si seulement j'étais fichue d'avoir des opinions, je parviendrais peut-être à me situer dans un « tissu social ». Mais ça ne vient pas. Pas plus que ne venait l'urine dans le petit pot à la visite médicale.

★

Je passe ma vie à tenter de me distraire, mais comment faire quand c'est de la vie elle-même qu'il faut se distraire ?

★

Dans toutes les crises, la même litanie revient à la fin, dans le premier pas qui suit le gouffre, quand le sol est revenu mais n'empêche pas le vertige, quand la respiration saccadée entrecoupe les gémissements où j'articule une phrase, une seule, toujours la même, jusqu'à ce que le sommeil l'emporte : « Qui peut m'aider ? »

★

Cioran, le seul homme que j'ai senti aussi pitoyable que moi.

★

On me parle d'un monstre sanguinaire qui avait trucidé un nombre impressionnant de femmes et d'enfants, et qui pleurait en regardant *Dumbo l'éléphant volant.*

★

Elle a eu son bébé. L'accouchement a été long et difficile ; le cordon ombilical s'est enroulé autour du cou de l'enfant. Quelqu'un m'a confié : « Naître pendu, ça veut nécessairement dire quelque chose. » Bon, et naître asphyxié ? On l'est tous.

★

Que tous les matins la conscience s'allume comme une ampoule électrique. Que tous les soirs nous disparaissions de la surface du globe. Et que tout cela ne nous paraisse pas gênant.

On rêve de rencontrer Lazare… mais tous ceux qui ont déjà dormi peuvent nous en raconter autant.

★

Considérer la mort comme une simple facétie. Pourquoi cette idée est-elle si séduisante, malgré son évidente connerie ? On peut même dire qu'elle a un charme irrésistible.

Jusqu'à ce que la distance induite par l'ironie se rétracte d'un coup : c'est bien de soi qu'il s'agit.

★

Tout cela n'a pas suffi à rendre Cioran insensible au regard des femmes. Comme quoi, il n'était *pas seulement* désespéré. Il y a dans ses écrits ce qu'il a bien voulu montrer de lui, et qui fut peut-être marginal.

★

Ma cervelle chauffe comme un bain-marie. J'ai peur que mon moi ne cuise.

★

Il nous reste une brique de mille huit cents pages. On peut se désintéresser du pantin. Peu importe s'il était frileux ou allergique au gluten. Détails, fumée, peccadilles. Ce qui compte, c'est que nous conservions le butin : un beau tas de mots, une kyrielle de mots qu'il a plantés là, comme des crottes, sur son passage. On l'admire, on le décortique, on se l'approprie, sans une pensée pour sa carcasse foutue.

★

Si l'homme était immortel, quel ennui, mais surtout quelle absurdité ! Il est impossible d'imaginer concrètement cette idée. Des années qui se suivent *sans fin*. L'an 2000, l'an 20000, l'an 200000, l'an 2000000, l'an 2000000000, et ce n'est que le début. Quelle que soit la longueur de l'énumération, ce n'est que le début. Il resterait toujours plus à vivre que ce qui est déjà vécu. Non vraiment, impossible. Nous sommes mortels, rien de plus logique finalement. Même chose pour l'idée de Dieu, ou d'une vie après la mort, qui ne tient pas la route une seconde. Il faut se rendre à l'évidence : le monde ne peut pas être différent de ce qu'il est, hasard et lois de la physique. Objection ! Que tout autre scénario soit absurde ne prouve pas que celui-ci ne l'est pas. La réalité dans laquelle nous sommes immergés de force n'a pour seule supériorité que d'être celle qui existe. Elle n'en est pas plus concevable pour autant. D'où viennent les protons et les neutrons, d'abord ? Le temps ? L'électricité ? La gravitation ? Notre univers, c'est un impossible parmi d'autres, mais coulé dans l'évidence. L'étendue de ce constat est très difficilement saisissable, à moins de balancer toute la logique dans le caniveau. Mais comment répudier la logique au nom de la logique ? Absurde. Encore et toujours. Absurde.

Il faudrait décortiquer toutes ces choses complètement délirantes que nous tenons pour sûres, et vous comprendriez que vous ne comprenez rien.

⋆

Faire-part de naissance, avec photo du bébé. Je l'ai déposé sur une étagère. Mes yeux tombent parfois sur ce petit crapaud recroquevillé. Un nouveau-né, dans mon intérieur, même aussi peu que ce soit, quelle incongruité !

L'autre jour, il y avait un manuscrit qui traînait à côté. Un tas de mots plutôt qu'un tas de chair, c'est la limite de ma bonne volonté.

⋆

Pourriez-vous imaginer quelque chose d'intermédiaire entre un homme et rien ? La nature a inventé l'enfant, cet objet invraisemblable.

⋆

Écrire, c'est ridicule, bien sûr. « La conscience du néant poussée au bout n'est compatible avec rien, avec aucun geste. [...] Mais il y a quand même cette vitalité mystérieuse qui vous pousse à faire quelque chose[1]. »

⋆

Toutes les sagesses du monde prônent l'harmonie avec la nature. La maladie marque la rupture d'un équilibre qu'il faut tenter de rétablir.

Pour lui, tout au contraire, c'est la santé qui trahit une faiblesse. Faiblesse de quoi ? Faiblesse de la conscience, cette nouveauté introduite dans la chair comme un ver. Quand le ver grandit, la chair périclite. Rien de plus naturel.

Les sagesses nous tirent en arrière, travaillent à l'éradication de la conscience, au retour vers l'indifférencié, tandis que Cioran nous donne un grand coup de pied vers l'avant : davantage de conscience, davantage de souffrance, déséquilibre total. Voilà l'humain.

★

Si les jeunes sont curieux et entreprenants, c'est uniquement parce qu'ils viennent d'arriver.

★

Gamine, j'ai mangé des monceaux de gaufrettes pour collectionner les images qui étaient fournies dans les paquets. Cela ne m'a pas laissé une bonne opinion de l'enfance. Dès l'instant où l'on peut réfléchir, on le fait de travers.

★

Prenons le coude, l'un des endroits les moins choyés du corps. Faisons rouler entre nos doigts ce petit surplus de chair chiffonné et prématurément vieilli. Pénétrons-nous bien de l'idée que nous logeons dans cette enveloppe de peau, ce seau percé, cette pellicule moite.

Il a fallu des millions d'années et des trésors d'ingéniosité pour permettre cet assemblage effarant : la conscience dans un sac.

Je suis loin de croire que tel était le but. La conscience est un sous-produit malheureux de l'emballement de la complexité. Un dérapage incontrôlé.

★

Elle a ajouté le prénom du bébé sur la sonnette, par désir touchant de vouloir faire exister ce qui n'existe pas encore.

★

À votre arrivée sur Terre, on vous dit : « Ta chambre est là, tes parents sont là, ton école est là. » On fait une place au nouveau. On lui fait croire qu'il est attendu. Après, il croira toujours qu'il a une place et qu'il est attendu. Grave erreur.

★

Faut-il chercher plus loin l'origine de notre tendance pathologique au délire ?

★

Que de plaintes il adresse à Dieu ! Des larmes, des suppliques, des protestations en veux-tu en voilà. Ne pouvant me résoudre à l'idée qu'il prenne Dieu au sérieux, je suppose qu'il est passé par cet artifice pour mettre en scène un dialogue devant nous. Procédé littéraire et rien de plus.

★

Seules le fascinent les femmes déçues, les grandes mélancoliques. Sans doute parce que le spectacle de la candeur lui paraissait d'une lourdeur irrespirable.

★

On demande à un vieux célibataire s'il regrette de ne pas avoir fondé une famille. Il répond : « Nous ne sommes pas tous là pour faire des enfants. Moi, j'explore le mystère. »

★

Obscène chez les commerçants et autres affairés du quotidien : l'adhérence aux préoccupations édictées par eux-mêmes. Chaque chose négociée en vertu d'une valeur décrétée pompeusement, au mépris de la grande équivalence universelle.

★

Sur la plage, le père et l'enfant s'activent à construire un château. Soudain le père s'emporte : « Mais regarde ce que tu viens de faire ! Maintenant je dois réparer ta bêtise. » Gravité d'un chef de bureau qui sermonne un mauvais employé. Mon admiration va à ceux qui font l'inverse : se comporter au bureau comme dans un bac à sable.

★

Certaines longues soirées d'été me foutent le cafard par leur beauté même. Quand on devine que le paradis non plus n'est pas grand-chose.

★

Faire des enfants : se donner l'impression qu'il s'est passé quelque chose.

★

Par instants, il m'agace. Parce qu'il finit par aimer son effroi, jusqu'à lui tailler des rideaux en dentelle. Parce qu'il parle trop de Dieu, cette couverture rongée aux mites. Parce qu'il en vient presque à oublier le cri déchaîné qui est la seule littérature.

★

L'homme au complet veston, ayant achevé son croque-monsieur, promenait sur la terrasse un regard clair et rassasié. Il savourait ce court moment de bien-être qui sépare le repas du retour au bureau.

Une minute après, l'homme au complet veston avait jeté un œil sur sa montre pour confirmer ce qu'il savait déjà par habitude : qu'il était temps d'y aller. Il avait saisi sa mallette et traversé la terrasse d'un air altier.

Avant qu'il ait parcouru vingt mètres, des pigeons se sont précipités sur la table abandonnée où traînaient quelques croûtes de pain rôti.

J'apercevais encore la silhouette en train de s'éloigner, et je voyais aussi dix culs de pigeons se bousculant sur le plateau délaissé.

Je ne ressentais aucune préférence pour l'homme ou pour les pigeons. J'étais simplement frappée par l'alternance, l'incompatibilité, la drôlerie du déroulement des choses en général, qui me fait penser à ces objets hétéroclites attachés les uns aux autres pour faire une guirlande sonore à la traîne des voitures.

Partout, des choses se succèdent avec ou sans lien, avec ou sans harmonie.

On aime des hommes différents dans la même chambre. On pleure, on rit dans le même canapé. On passe par tous les sentiments. On pisse, on règne, on mendie. Il n'y a aucun ordre, d'aucune sorte, à aucun endroit. Seulement du temps.

Le temps donne une place incontestable à chaque chose. Il en impose tellement, dans son rôle d'ordonnateur, que cet ordre paraît naturel. Il efface même ce qui pourrait passer pour de la tyrannie, de l'absurdité, de l'incohérence.

Parfois seulement, quand nous sommes très disponibles, quand le monde déroule son spectacle devant nos yeux tout à fait vacants, nous sentons poindre une possibilité de dissolution du temps. La cage qui tenait tout en place devient un ring aux cordes de plus en plus lâches. Le temps perd la consistance rigide sur laquelle nous nous sommes toujours appuyés. Il commence à s'avachir comme un fromage au soleil.

Tout ce qui s'agençait en séquences claires est à présent mélangé, un tableau de plasticine fondu, un magma de vestons, de pigeons, de visages, de chaises, de draps de lit, de rires, de terreurs. Un grand tout qui nous atteint pour une fois comme un tout et non comme un défilé, toutes les notes d'une symphonie jouées au même moment.

*

Le trajet que l'Univers a mis quatorze milliards d'années à parcourir, du vide jusqu'à la conscience, nous le faisons chacun en une quinzaine d'années. Nous sommes hébétés. Normal.

*

Dans la seule interview publiée d'elle[2], on demande à la compagne de Cioran si elle n'a jamais voulu d'enfant, si elle n'a pas voulu le convaincre. Elle éclate de rire. Un enfant ! De lui ? Inimaginable. Non. Elle a eu un chat. Quinze jours. C'était intenable. Lui l'a rendu fou.

*

Le « souvenir » du paradis originel n'a rien d'un souvenir. Il tient à la psychologie de la perception, qui invente les origines de notre vie, dont nous ne supportons pas qu'elle sorte simplement du vide. Les yeux font de même avec les rayons lumineux réfléchis par un miroir : ils prolongent leur direction apparente pour créer un objet là où il n'y a rien. L'homme, tombant vers sa mort, ne peut, quand il jette un regard vers l'arrière, voir – c'est-à-dire créer – que le point d'origine de cette chute. Élevé, puissant, heureux. S'il faut tomber, que ce soit au moins d'un endroit bien.

*

Je suis vivante. Le soleil brille. La vie est belle comme elle peut l'être juste avant de vous broyer.

★

Avec lui, toute joie finit par avoir mauvais goût, parce qu'elle nous éloigne de nous-même. Chaque bonheur nous pervertit, nous humilie, en nous mettant dans la position du dindon de la farce. Sourire, c'est déjà mordre à l'hameçon. Je ne peux plus apprécier le soleil sans me trouver idiote.

★

La quantité de visages croisés sur une journée. L'amoncellement. Il y a trop d'âmes au compteur.

★

Aujourd'hui, je suis allée voir celle qui a accouché avec tant de difficultés. Le petit en a été traumatisé. Il a fallu deux jours de couveuse pour le remettre en état. Quand je l'ai vu, j'ai eu la nette impression qu'il n'était pas remis du tout. Il manquait terriblement de vie, ne semblait pas encore venu au monde. Je pensais voir un bébé gigotant et c'était une toute petite chose immensément fatiguée. Fatiguée comme quelqu'un qui est revenu de tout. Fatiguée comme une très vieille femme. Pour ainsi dire absent. Un paquet de chaire inerte. Une sorte de bébé gréviste, reclus, dégoûté. Même quand il ne dormait pas, il restait mou, sans réactions, comme muré dans une abstention totale et définitive, les bras qui pendouillent en signe de non-participation. Sa mère reconnaît avoir des difficultés pour le nourrir. Il ne réclame pas. Il faut le réveiller pour le faire téter. Il prend très peu. Il ne grossit pas.

Peut-être qu'il préfère en rester là. Peut-être qu'il en sait déjà assez. C'est un bébé qui ne veut pas faire un pas de plus.

★

Quelles que soient l'acuité et la brutalité de notre conscience du néant, il y a toujours des moments où cette conscience se brouille et s'endort quelque temps, nous laissant cheminer seul, la bride sur le cou. Dans l'amour, dans l'art, dans l'amitié, dans les émotions en général. Quand la conscience se rallume, nous comprenons que nous avons vécu comme si de rien n'était, alors que nous savions que c'était impossible. Miracle quotidien et incontrôlable. Oublier est banal, quand bien même vouloir oublier reste impossible.

⋆

Quand on aime, on se défait de l'idée que l'autre n'est qu'une créature de plus. On le fait naturellement, sans quoi l'on n'aimerait pas. Il doit y avoir au fond du cerveau une glande régulatrice qui juge que les plaisirs de l'amour sont plus salutaires que ceux de la lucidité.

⋆

Parmi les choses qu'on fabrique sans savoir comment : les rêves, les cancers, les enfants, la merde.

⋆

Dans une interview télévisée, on découvre son débit verbal étonnant. Tout en accrocs, hésitations, accélérations soudaines sans lien avec la syntaxe de la phrase. Il parle comme une machine mal vissée, comme une voiture qui hoquette, lâchant dans une bouffée tout ce qui n'est pas venu pendant une suspension prolongée, et pour arriver à suivre ce discours syncopé il faut donner à son écoute une géométrie profondément dynamique. La vie en lui est le contraire d'un fleuve tranquille.

⋆

Dieu est à Cioran ce que l'administration est aux Français : une inépuisable occasion de râler.

⋆

Je peux lire, voir ou entendre n'importe quoi, cela me fera toujours penser à la mort. Atome fondamental, la mort est liée à tout. Aux cure-dents comme aux agrafeuses. Au fenouil comme à Tom Cruise.

⋆

Les plaisirs charnels, il les connaît, mais de préférence pas avec des femmes qui en sauraient autant que lui. Trop près de l'onanisme sans doute, et de son terrible déficit en ravissement. Il faut s'accrocher à un esprit bien ancré dans l'existence pour vivre, par contagion, un peu des mêmes éblouissements que lui, ou ne serait-ce que les humer.

★

Le destin de l'homme est comme un œuf : évasé à la base, rétréci à la fin.

★

Dans les capitales, beaucoup de gens écrivent dans les cafés, sur les terrasses, surtout des femmes. J'aime cette application, cette tension vers quelque chose, cet effort pour vivre sans se laisser vivre.

Soudain, je constate que ma voisine n'écrit pas ses mémoires ou un roman, elle remplit des mots croisés. Incompréhension totale, avant de me souvenir qu'au fond rien ne sert à rien. Mais tout de même. J'ai du mal à envisager les occupations qui ne dissimulent pas leur vanité. Mots croisés, pétanque et broderie sont très au-dessus de mes forces.

★

Cioran considérait que la vie d'Henri Michaux était une réussite parce qu'il avait fait exactement ce qu'il avait voulu. Le seul échec serait d'avoir été empêché ou obligé – cela concerne quatre-vingt-dix-neuf pour cent de l'humanité.

★

Je crois que j'aurais pu établir une relation joviale avec lui. Malgré l'épouvante, ou grâce à elle, nous pouvons afficher une drôlerie pétaradante. Ce n'est pas qu'il y ait matière à rire. C'est qu'il le faut, pour désinfecter le cerveau entre deux trous d'air.

★

Nous sommes convaincus de l'affolante brièveté de la vie, et pourtant nous sommes là sans savoir quoi faire. La vie est trop courte, mais les heures sont trop longues, s'étirent interminablement pour nous narguer de ne savoir comment les occuper.

L'ennui est d'autant plus intenable qu'à la fin nous hurlerons pour en avoir encore un peu.

★

Pour lui, la difficulté de l'amour n'est pas dans la conquête de l'autre, mais dans la conquête de soi. Parviendra-t-on à se convaincre ? À y croire ? Son propre cœur est une citadelle plus imprenable que la sublime inconnue. Et comme cet obstacle procède du dégoût de soi, la bataille perd beaucoup de son charme.

★

Même dans l'alcool, je garde allumée la conscience du néant. Encore plus douloureusement peut-être. Mais la capacité de beugler en chœur s'accroît elle aussi. L'ivresse est un état exacerbé de deux niveaux incompatibles de l'existence.

★

S'ils avaient su que c'était pour produire ce genre de décadents, nos grands-parents se seraient-ils escrimés dans les mines ?

★

Se moquer de l'univers, la belle consolation. Aller au casse-pipe avec désenchantement, ça ne change pas le casse-pipe. Ça vous rend, tout au plus, encore plus ridicule qu'un autre.

★

Il a eu des traits de poésie d'une force déroutante, mais il n'a pas cherché à exploiter le filon. Ne sont venus que ceux qui sont venus tout seuls, comme « l'univers qui tantôt sent l'oignon, tantôt semble émaner de la gratuité d'un rayon de lumière[3] ».

★

Tout compte fait, il ne devait pas avoir si peur de la mort, pas au moment où il écrivait, car il montre cette ressource, incompatible avec l'horreur, de sculpter ses phrases comme des bijoux. Il est impossible de s'exprimer sur l'effroi. Ou bien vous êtes dedans, et vous hurlez, ou bien vous vous exprimez, et vous en êtes loin, vous pouvez dire tout ce que vous voulez, sur l'effroi, ou sur autre chose, cela n'a aucune importance, cela n'a de toute façon aucun lien avec lui. Dans l'effroi, il n'y a que l'effroi. Pas de mots, pas d'idées, pas d'images, seulement la glaciation du cerveau. Les mots sur l'effroi, c'est aussi loin de l'effroi qu'une glace à la vanille. Ils peuvent s'imprimer, se lire, se discuter. Cela fait partie de l'adhérence au réel tout comme les prêts hypothécaires. Personne n'apprendra jamais l'effroi de l'extérieur. Personne n'en aura la moindre idée. On estimera, à la limite, que c'est un beau concept, joliment rebelle, élégamment travaillé, et puis si touchant. Mais l'effroi est aussi impénétrable que la mort elle-même, sauf pour ceux qu'il engloutit. L'effroi, c'*est* la mort elle-même, à répétition.

★

Parfois, l'idée d'être seule dans mes vieux jours me fait reconsidérer vaguement le projet d'avoir des enfants. Et puis je songe que ces individus élevés à grand-peine pourraient être parfaitement antipathiques ou inintéressants. Je ne peux pas prendre le risque de devoir cautionner des gens pareils sous prétexte que nous avons un lien de sang.

★

Le monde n'est pas seulement absurde ou insensé. Il est rigoureusement impossible. Quelle que soit la façon de l'envisager, rien ne tient debout. Avec ou sans Dieu, avec ou sans début ou fin, avec un temps linéaire, cyclique, extensible, discontinu, avec un espace courbe, creux, grumeleux, quantique, avec ou sans transcendance, avec n'importe quelles hypothèses sur la masse ou sur l'énergie, avec ou sans l'homme, rien ne ressemble à quelque chose de plausible, nous sommes dans la purée la plus totale, dans l'impossible, dans l'impensable, dans l'incongru le plus dense, et pourtant nous y sommes.

Je pense donc je suis. C'est bien la seule et ultime affirmation qui demeure. N'importe quel pas supplémentaire est un faux pas, que nous n'arrivons pas à ne pas commettre.

★

Écrire : une façon d'exploser sans faire de tort aux autres, un exutoire pour la fureur.

★

Que l'esprit soit sécrété par la chair, et pourtant si totalement étranger à elle.

On voudrait pouvoir exploiter le bref délai qui nous est alloué pour déposer sa conscience dans une carcasse moins périssable, consacrer sa petite vie organique à faire ce qu'il faut pour se détacher de la chair, prendre le large. Et puis seulement s'occuper du monde. Est-ce qu'il serait vraiment si compliqué de greffer son cerveau sur un robot ? Si nos laboratoires y parviennent un jour, d'ici quelques dizaines ou centaines d'années, imaginez la nouvelle donne. Pas plus sensée qu'aujourd'hui, mais franchement drôle. Les conflits pour en être, les sélections, les files d'attente, les larmes versées sur les grands cerveaux disparus…

★

Quand je lis un livre quelconque, surtout les bonnes histoires, la voix de l'histoire supplante la mienne, mon esprit est occupé, comme un terrain occupé, et muselé.

Quand je lis Cioran, il ne m'évince jamais de moi-même. Au contraire, il approfondit ma présence. Il chemine en même temps que moi. Même quand je m'applique à ne faire place que pour lui, il refuse ce despotisme, il se range sur le bord du chemin, m'obligeant à rester en vie.

★

Elle est venue me voir avec son bébé. J'espérais lui trouver plus de vigueur, mais non, il est toujours léthargique. Elle dit que tout va bien. Qu'il est vraiment très sage. Elle n'a qu'une inquiétude : elle se demande s'il est heureux. Souvent, il fronce les sourcils, vraiment fort, vraiment longtemps, on ne sait pas pourquoi. Comme s'il était soucieux. Peut-on être soucieux après quinze jours sur cette planète ? En général, ça se déclare plus tard. Mais cet enfant, sans doute, est précoce.

Il a les yeux fixes. Son regard ne saute pas d'une chose à l'autre comme un petit écureuil. Il regarde une seule chose, il la fixe un bon moment, tellement passivement qu'on se demande s'il la voit, puis il se décide à passer à autre chose, toujours noyé dans la même absence, quel que soit le spectacle. Dans ce regard fixe, c'est vrai qu'on ne voit pas le bonheur. Quand je pense qu'elle rêvait d'un petit caïd, d'un baroudeur. Et elle accouche d'un être déjà assommé par la vie.

★

À Paris, plusieurs personnes sont mortes récemment lors d'attentats dans le métro. Je n'ai rien remarqué. Il y avait toujours autant de monde dans le métro. À croire que c'est une blague. À croire que les gens n'existent pas vraiment et qu'on peut les supprimer sans que ça change quelque chose. À croire que le meurtre, ça passe inaperçu.

★

Mon cerveau est perpétuellement au bord du court-circuit, comme une machine qui n'a pas reçu les bons tuyaux pour la pression qui passe à l'intérieur.

★

Dans ce petit cimetière de village, trois tombes de soldats anglais morts le 17 mai 1940, dont deux inconnus. Le meurtre tellement inaperçu qu'on ne sait même pas qui disparaît.

★

Il trouve que Freud est intéressant pour sa clairvoyance et sa longueur de vue, mais totalement naïf d'avoir pu croire à quelque forme de guérison que ce soit.

★

L'idée de sens n'a de sens (mais oui) que par rapport à un contexte. À l'école, ce qui a du sens, c'est d'obtenir de bonnes notes. Au boulot, pareil. Si on est commerçant, c'est de faire du bénéfice. Dans la religion, c'est de se conformer à la morale. En temps de guerre, le sens commun s'efface, et devient même idiot. La seule chose qui garde un sens, c'est de sauver sa peau.

Mais l'Univers, lui, est sans contexte. Par définition, il contient tout. On atteint avec lui la limite du sens, limite infranchissable. Il n'est pas possible que l'Univers ait un sens. Non-sens. Car par rapport à quoi en aurait-il ? S'il en avait, il ne serait pas l'Univers, mais une partie d'autre chose, et la même limite se retrouverait plus loin.

⋆

L'esprit, fort heureusement, est sans destination.

⋆

Pendant que je disséquais Cioran, elle concoctait un être humain dans ses entrailles. Elle fabriquait muscles, peau, os, yeux, ongles, poumons, tout ce qu'il faut pour faire une machine à penser. Et à crever de terreur.

⋆

Comme je prenais un bain après avoir lu ces nombreux traités sur la mort, j'en vins à retirer le bouchon en tirant sur la chaîne avec mon pied, et à laisser se vider la baignoire sans prendre la peine d'en sortir. L'eau s'est mise à descendre, millimètre par millimètre, chatouillant l'une après l'autre chaque ligne de mon corps. Et pendant que l'eau s'écoulait imperceptiblement dans cette pièce où tout était immobile, il me semblait que c'était le niveau de la vie dans mon corps qui descendait peu à peu. Comme si le sang me quittait par le bas. Quand l'eau a commencé à chatouiller le dessous de mes mollets, j'ai senti l'imminence d'un dénouement brutal qui ne pouvait être que la mort claquant comme un fouet après l'agonie la plus douce. Pétrifiée, j'attendais un choc, un éclair, un éblouissement. Mais c'est un énorme borborygme de tuyauterie qui est venu déchirer le silence. Il me semble, depuis lors, que je sais exactement à quoi ressemble le bruit de la mort.

⋆

Cet ami disait : je trouve qu'on meurt souvent. Chaque fois qu'on dort, chaque fois qu'on regarde la télévision, chaque fois qu'on remplit des formulaires.

⋆

Je n'ai pas beaucoup de morts à moi. Seulement des morts assez lointains. Pas de quoi aller sur leur tombe. Je ne sais même pas très bien où ils sont. Mon mort préféré, c'est Fernande. Mais c'est moi qui l'ai décidé. Elle ne m'a rien demandé.

⋆

Tous mes ex sont bien vivants. Je les surveille. Tous les quelques mois, je téléphone pour prendre des nouvelles. Comment ça va ? Et la santé ? Et le moral ? Je n'en laisserai aucun sauter dans le canal. Ils possèdent un morceau de moi qu'ils peuvent détruire en l'emportant dans la tombe. Il faut veiller.

⋆

Le cerveau n'était qu'un outil permettant de survivre. Pourquoi a-t-il dévié à ce point ? Pourquoi l'avons-nous utilisé trop loin ?

⋆

Cette faculté de penser me pose tellement de problèmes. Si par malheur j'avais des enfants, je ferais tout pour qu'ils soient bêtes.

⋆

Naître.

Avant, il n'y avait rien, et puis il y a quelqu'un. Absolument rien, et puis quelqu'un d'entier, de particulier, d'humain. Ça prend des années et des années. La transition est imperceptible. Ça commence par une seule cellule dans un ventre mou, et ça aboutit à un corps adulte, complet, opérationnel, conscient, un être humain unique et infiniment présent. Personne et puis quelqu'un. Pas quelqu'un qui existait déjà. Un être inédit. Un regard original. Cela ne nous surprend pas plus que cela. L'individu fait sa place entre les autres, c'est un travail de chaque jour, un goutte-à-goutte, et un jour il est tout à fait là ; il manquerait quelque chose s'il n'y était pas. Pourtant, vingt ans plus tôt, il n'y avait personne, rien, le vide. Rien et puis Robert. Rien et puis Cioran. Rien et puis vous. Vous, comme si c'était impossible autrement. Alors que ce qui est impossible, c'est vous.

⋆

Mourir.

Avant, il y avait quelqu'un, et puis il n'y a plus rien. Quelqu'un de réel, de connu, regardé, fréquenté, et puis plus rien du tout. Le plus souvent, ça va très vite, et nous n'avons pas le temps de nous préparer. C'est pourquoi mourir nous choque plus que naître. Mais c'est la même chose. Quelque chose plutôt que rien. Rien plutôt que quelque chose. Comme le corps est apparu avant la personne, la personne disparaît avant son corps. Sa place se referme, comme un trou dans l'eau, et le corps fond dans la terre. Robert, et puis rien. Cioran, et puis rien. Vous, et puis rien. Trois fois rien.

⋆

Tout est mis en place pour qu'on se noie.

Étonnement de vivre un jour de plus alors que ce n'était pas prévu.

Génie du kayak.

⋆

Je voudrais donner une bouffée d'air à ce qui végétait.

Empêcher les gens d'en *rester là*.

CHAPITRE QUATRE

Louis ne s'y attendait pas

Nous nous connaissions depuis peu de temps, Tom et moi, un mois ou deux. Le téléphone a sonné très tôt le matin. Tom est sorti de la chambre, je me suis rendormie. Il m'a réveillée en se remettant au lit, il s'est couché sur moi, il m'a serrée en enfouissant son visage dans le creux de mon épaule. Je l'ai caressé un peu distraitement, dans un demi-rêve. Puis il a dit : « Mon père est mort. »

*

Cela fait deux ans, maintenant. Hier soir, après avoir éteint la lumière, il a dit : « On a posé la pierre sur la tombe. » Entre ces deux phrases, il n'en avait jamais parlé. La fermeture de la tombe lui ouvre la bouche : « Ma mère était là. Elle a demandé qu'on soulève la dalle du caveau pour vérifier l'état. Le cercueil était impeccable. Je pense qu'il le sera encore dans vingt ans. Mais il n'y aura plus rien dedans. D'ailleurs, déjà maintenant, je me demande ce qui reste… »

Je suggère :

— Les os ?

— Oui, bien sûr, les os.

— Et les vêtements ?

— Oui, les vêtements aussi, sans doute.

Il reprend :

— C'est un caveau à deux places. Sur la pierre, on a prévu l'espace pour ajouter son nom à elle. Il y a des gens qui font inscrire leur nom en même temps, avec leur date de naissance, puis un tiret, puis un blanc. Ma mère n'a pas voulu. Elle a dit qu'elle n'avait pas envie d'aller au cimetière et d'y voir son nom.

Comment parler aux gens dont on écrit déjà le nom sur la tombe. En lettres rondes, ou en gothiques ? Josiane, avec i ou avec y ?

— À force de manipuler des cadavres, ils voient les gens comme des cadavres. Mais je n'aime pas penser à tout ça. Je revois mon père, un peu avant sa mort. Il était devenu vieux. Je me demande parfois comment ce sera, la fin pour moi…

— Tu as une préférence ?

— J'aimerais ne pas être seul. Ne pas me sentir abandonné. Ne pas souffrir démesurément. Je crois que je penserai aux bons moments. Quand j'étais sur un petit nuage, en musique. Comme cet après-midi. La balade. Le pique-nique. Ça me manquera, ces moments-là. Je ne penserai pas au reste.

★

Ce jour-là, il était sorti acheter des croissants et le journal. On peut très bien acheter le journal le jour de la mort de son père.

★

Pour Cioran, jeune, désespéré, insomniaque, infesté de conscience, se suicider n'aurait pas été mettre fin à ses jours, mais mettre fin à ses nuits.

★

Dégoûté des gloses froides de la philosophie, il épargne le lyrisme. « Tout ce qui n'est pas direct est nul[1]. » Et qu'est-ce qui est direct ? Le sang, le feu, les larmes. En un mot, la douleur. La seule chose qui résiste à toute déconstruction, à toute lucidité. Quand on ne croit plus à rien, on croit encore aux rages de dents. Et à l'effroi.

★

L'obsession de Dieu : parce que Dieu était une bonne solution à un problème qui demeure ; vers où diriger toute cette conscience ?

★

Avouer son obsession pour s'en libérer, extérioriser pour désamorcer, c'est ce que conseillent les psychologues. Je ne vois rien de bien démontrable là-dedans. Il m'a souvent semblé qu'on créait des problèmes en les formulant, des crises en les annonçant.

★

Lorsque Fernando Savater, alors étudiant espagnol en philosophie, veut faire un doctorat sur le philosophe Emil Cioran, son directeur de thèse s'étonne de ce nom qu'il ne connaît pas et le soupçonne d'avoir inventé un auteur. Pour lui prouver le contraire, Savater écrit une lettre à Cioran. Qui lui répond : « Vous savez, il a peut-être raison. Je ne suis pas sûr d'exister vraiment[2]. » Cette déclaration a suffi comme preuve d'existence pour l'Académie espagnole.

★

Pendant des années, j'ai acheté des livres sur la mort parce que je ne pouvais pas m'en empêcher, mais il m'était tout à fait impossible d'en lire ne fût-ce que la première ligne. Je vivais dans un état de terreur déclenché par le simple mot. S'il se trouvait dans le titre, j'achetais le livre, puis je le cachais aussitôt avec les autres, l'idée d'y toucher me faisant horreur. Je pensais qu'un jour, peut-être, le geste le plus nocif deviendrait le plus profitable, et qu'il y aurait là des réponses entassées pêle-mêle, attendant ma visite.

Aujourd'hui, je les ai lus en diagonale et il n'y en a pas un qui me paraisse sérieux. Même sur la mort, on peut tartiner des mièvreries.

★

Avec l'âge, il devient obsédé par sa santé. Il arrête de fumer et de boire et adopte un régime strict de légumes vapeur et céréales complètes pour ménager son estomac fragile. Il étudie la médecine par les plantes, fréquente les magasins bio et lit *Le dictionnaire Vidal des médicaments*. Poursuivi par le rhume, il trouve qu'on devrait rendre obligatoire le port du masque dans les endroits publics pour éviter la transmission des microbes.

Ce sont les suicidaires qui bichonnent le plus leur carcasse.

★

La pensée rationnelle ne suffit pas à exprimer notre expérience intérieure, nous le découvrons aux moments poignants de notre vie : amour naissant, accident, maladie. Nous traversons alors des accès de lyrisme incontrôlé. Ces brèches, en général, se referment, et nous nous retrouvons bientôt à flots, sur cette mer d'huile nommée raison. Certains, rares, ne reviennent plus, se convertissent à quelque secte, critiquant tout ce qui a précédé leur illumination.

Mais nous oublions que la majorité des milliards d'humains qui sont passés sur cette Terre n'ont jamais vogué sur la raison pure. Celle-ci est une pollution très récente qui défigure notre rapport au monde, qui l'écrase de tous côtés pour le faire entrer dans une boîte aux angles droits.

L'effroi, lui, est tellement consubstantiel à mon existence que je ne pourrais pas définir de quelle région il provient. Si je parvenais à croire à quelque forme de transcendance, je le neutraliserais sans doute. Est-ce donc qu'il surgit de mes représentations mentales ? Un produit de la raison ? J'ai du mal à concevoir qu'il découle d'une tournure d'esprit qui m'a été inculquée à l'école. Il a l'air *tellement* plus grave…

★

Dans notre état mental, la raison n'est pas un principe directeur, mais un ingrédient comme les autres. Souvent un simple assaisonnement.

★

Dans toute son œuvre, il n'a pas fait la moindre allusion à sa vie affective ou sexuelle, mais il lâche sur son lit d'hôpital : « J'étais un grand chasseur de femmes[3]. »

★

J'actionnais tout à l'heure ma main gauche sans intention particulière, comme un petit animal compact et frémissant d'activité, juste pour la voir bouger. Je pensais à un chaton nouveau-né qui chercherait à téter, avide et maladroit, ou à une plante carnivore du genre nerveux. Cela faisait une drôle de chose à regarder, extrêmement compliquée, sournoisement biscornue, presque une monstruosité.

Il m'a semblé bizarre, soudainement, d'être à la tête d'une mécanique aussi sophistiquée. Je suis si mal dans la vie que quelques vieux boulons auraient suffi. Mais non, je dispose des meilleurs équipements. Me voilà au volant d'une Rolls Royce sans permis de conduire.

★

Dans le Paris d'après-guerre, il fréquente les salons mondains, les seuls endroits où l'on peut boire du whisky quand on n'a pas les moyens. C'est l'homme le plus jovial qui soit, il est considéré comme le comique de service. On ne peut l'arrêter quand il raconte des blagues ou demande la bonne en mariage. Il est aussi le roi du bon mot qui fusille. À Pierre Boulez, il dit que sa musique ne dépasse pas celle de son radiateur à gaz.

★

Dans les dîners, il a remarqué que, si quelqu'un part avant les autres invités, il devient la cible des sarcasmes de ceux qui restent. Dès lors, il part toujours le dernier, accumulant le dégoût des commentaires sur autrui.

★

Un ami se permet de douter de la sincérité de ses écrits, quand il le voit pérorer dans les salons. Cioran lui explique gentiment qu'il se fourre le doigt dans l'œil. On peut se sentir dans un état de désespoir absolu, passer la soirée à faire le pitre et rentrer chez soi avec l'envie pressante de se suicider.

★

Il reconnaît volontiers la fracture qu'il y a entre son désespoir profond et la frivolité de son comportement, ainsi que l'impression d'inauthenticité qui en découle, mais qu'y faire ? On est l'amalgame inconfortable de bien des poussées différentes.

★

À un autre ami, il confie à voix basse : « Ne le répète à personne, mais j'aime beaucoup la vie[4]. »

★

Aucun système ne se dessine à travers son œuvre, aucune continuité, pas même une ligne, sauf ceci : il faut accepter la contradiction. Il invente la philosophie expérimentale, sans développement ni conclusion. Seulement des étincelles qui partent dans tous les sens, comme nos désirs et nos gestes spontanés.

★

À vingt-cinq ans, il brandissait l'action comme unique moyen d'échapper aux abîmes de l'intériorité. Dix ans plus tard, il bannit toute velléité d'action comme atteinte principale à la dignité spirituelle.

★

S'il sort dans les salons, c'est pour s'étourdir et s'arracher à ses pensées. Il en revient toujours aigri et plus désespéré encore. Au bout de quelques années, il abandonne la mascarade et se limite à des soirées en petit comité, considérant qu'un dîner de plus de quatre personnes devient une épreuve. La société le rend plus cafardeux encore, d'avoir pour un temps agi comme si l'on pouvait tromper le cafard.

★

À l'occasion du transfert des restes de Galilée, on lui a confisqué un doigt pour le mettre au musée dans un bocal de formol. Un nouveau commerce pourrait fleurir : vendre chaque os de chaque célébrité. Qui sait combien les gens paieraient pour avoir un orteil de Descartes dans leur salon, ou la rotule d'Elvis ?

Ah non, j'oubliais, la mort, c'est pas vendeur.

★

À quoi bon discuter, puisqu'il n'y a rien à apprendre, puisque nul d'entre nous ne possède le moindre début de compréhension de notre existence. Peut-être le réflexe de parler est-il une diversion nécessaire, une technique de remplissage de cet insupportable vide ?

Mais puisque ces artifices ont fait long feu, puisque voilà le pot aux roses découvert, nous pourrions cesser nos simagrées, arrêter de parler au beau milieu d'une phrase, nous asseoir sur place, vides comme le vide que nous voulons cacher.

★

Il sort toujours seul et comme célibataire, alors qu'il cohabite pendant plus de quarante ans avec Simone Boué, sa compagne française, professeur de lycée, dont il ne dit pas un mot non plus dans toute son œuvre. Lorsque Simone, après sa mort, découvre les cahiers qui constituent son journal, elle a la surprise de constater qu'il raconte à la première personne du singulier des moments qu'ils ont vécu ensemble, comme si elle n'avait pas été là[5]. Invisible, effacée de son œuvre, la femme qui a partagé sa vie. Trop importante ou trop peu ? Grand amour ou gouvernante ?

★

Grâce à elle, il n'a jamais travaillé. Quand un journaliste lui demandait comment il faisait pour subsister, il répondait qu'il recevait des bourses. Aux amis proches, il répondait qu'il était maquereau.

★

Clément Rosset, ami et seul philosophe admissible à ses yeux, confiait après sa mort : « J'estime Simone plus encore que Cioran[6]. »

★

En visite chez mes parents, je raconte que ma copine vient d'accoucher. Ma mère saisit l'occasion pour évoquer ses accouchements. Comme elle se jetait d'un côté du lit à l'autre. Comme elle voulait mourir. Comme les infirmières se moquaient d'elle. C'étaient de vieilles célibataires qui ne pouvaient pas comprendre… Je demande à mon père s'il aurait aimé être présent. Il me dit que non, il n'aurait pas aimé, ce sont de drôles de coutumes, c'est comme les réunions dans les chambres mortuaires, ce sont des choses qui n'ont pas besoin de spectateurs.

Je ne sais pas pourquoi il est passé de la naissance à la mort, mais ma mère embraye sur le sujet.

— Les morts ont quand même besoin de respect. Je pense à la pauvre voisine, le soir où elle est morte, ses enfants ont tout de suite appelé le corbillard. On l'a mise dans le cercueil et hop, embarquée à la morgue, comme ça, la nuit même, sans rester près d'elle, sans la veiller, sans dire une prière. C'était affreux ! De mon temps, on restait trois jours sur son lit de mort, et tout le monde venait vous voir.

— Mais il n'y a rien à voir…

— Bien sûr que si ! Il faut venir dire au revoir aux gens qu'on a connus, voir leur visage une dernière fois, tant qu'il est encore là.

— Tu parles, ça me rend malade. Quand ma grand-mère était sur son lit de mort, une cousine s'est approchée du lit et a déposé un baiser sur son front. La tête s'est mise à osciller légèrement sur l'oreiller. Brrr, j'en ai encore froid dans le dos.

— Tu étais trop jeune. Quand Georgette est morte, c'est moi qui ai arrangé ses cheveux et disposé des fleurs tout autour. Je n'avais pas peur. On aurait dit une poupée. Les gens qu'on a bien connus, on ne peut pas en avoir peur.

— Justement si ! C'est parce qu'on les a bien connus que c'est horrible de les voir inertes.

— Mais on sait bien que ce n'est que leur enveloppe.

— Ouais, et il n'y a plus de lettre à l'intérieur !

— L'oncle Jacques avait le visage lisse et reposé. Il avait l'air heureux.

— Parlons-en ! Il était exposé dans le crématorium, complètement fardé, ciré, les joues gonflées, un scandale.

— C'est quand même mieux ça que d'escamoter le corps *illico*, comme les enfants de la voisine. Comme s'ils voulaient s'en débarrasser au plus vite. Zou, à la morgue. Avant, la famille restait là toute la nuit à réciter des prières. J'en ai encore mal au cœur pour elle.

*

Le respect dû aux morts ne peut rien faire aux morts. C'est un gage de sérieux que les vivants se donnent à eux-mêmes. Que vaut-on si on vous jette l'après-midi même aux ordures ?

★

Il n'est pas le meilleur adepte de sa propre pensée. Il aurait fallu qu'il trouve indigne d'écrire. Totalement déplacé. Que la question ne se pose même pas. L'abstention intégrale est la seule position qui convienne à celui qui n'aurait pas dû naître.

★

Écrire, pourtant, est une thérapie contre l'insupportable, voilà l'excuse. Il faut bien chercher quelque planche de salut.

★

Au milieu d'une foule en liesse à cause d'un match de foot, j'ai les larmes aux yeux à voir la joie se servir d'un prétexte aussi faible. Il y a cette énergie qui veut fuser, ce besoin de vibrer, de se sentir vivre, peu importe pourquoi. Ce pourrait être la fin de la guerre, les gens ne seraient pas moins excités. Ivresse lumineuse, historique… et infime.

★

Fondamentalement curieux parce que trop fatigué de lui-même, Cioran écoutait tout ce que ses interlocuteurs avaient à lui apprendre, sur n'importe quel sujet. Il pouvait passer l'après-midi entière à écouter parler de rock'n'roll uniquement parce qu'il n'y connaissait pas grand-chose. Rien ne l'enchantait comme de sortir de ses rails.

★

Mais il redevenait très rapidement victime de lui-même. « Partout où je suis allé, j'ai été saisi d'un immense enthousiasme ; et puis le lendemain, l'ennui[7]. » Car l'enthousiasme est toujours un accès de délire et une façon de s'empêcher de voir les choses comme elles sont, qui ne peut, dans le feu de la conscience, survivre plus de vingt-quatre heures.

★

La vie, nous y sommes englués par chaque atome de notre corps, nous sommes fondus dans sa texture comme un insecte dans l'ambre, incapables de nous distancier de sa structure à quatre dimensions. Malgré cette fusion intime, nous savons qu'elle nous échappe. Nous ne pouvons l'avaler, pas plus qu'elle n'arrive à nous encadrer. Pour être de plain-pied, il nous manque un accord essentiel. Par le cerveau qu'elle nous a bricolé, la vie nous vole la possibilité de l'accepter telle qu'elle est, de vivre tout simplement. Pour notre part, nous lui volons l'amour, la musique et quelques autres élans irréels.

⋆

Il n'est pas philosophe mais antiphilosophe. La pensée est une agression dont il se défend par la pensée, comme un boxeur qui s'évertue à se mettre lui-même K.-O.

⋆

La pensée sur la vie et sur la mort est pleine d'impasses logiques. La logique est-elle donc un si mauvais outil ? Et comment s'en débarrasser ?

⋆

La pensée, pour lui, n'a qu'une seule obligation : aller à l'essentiel et s'avouer vaincue.

⋆

Au fond de soi, on attend la collision sur le mur du néant, tragédie incommensurable. En surface, de temps en temps, on se laisse prendre à certains jeux, on éprouve des émotions, des sensations, des désirs même… La vie, elle, passe, subrepticement.

⋆

Farouchement indépendant, il refusera toute sa vie de travailler pour un employeur ou commanditaire. Le travail rémunéré était pour lui un outrage à la substance intérieure. On ne peut chercher à gagner de l'argent sans se déshonorer. Il n'a jamais non plus accepté les prix littéraires qui auraient pu le renflouer. Il prétendait qu'on ne pouvait pas donner un prix au désenchantement. Il vivait dans un trois-pièces minuscule sous les toits, avec Simone, seule personne dont il accepta de dépendre, qui avait un salaire, qui tapait ses manuscrits et qui cuisinait bien.

*

Automne. Il fait froid. Fernande doit être si seule, là-bas, sous ses œillets bien nettoyés. Ce n'est pas la première fois qu'elle aborde un hiver sous terre. Mais c'est la première fois que j'y pense.

*

L'histoire des gens pendant qu'ils vivent : biographie.

L'histoire des gens après leur mort : thanatographie ?

Fernande a déjà « vécu » soixante-deux années dans la mort.

*

Au dîner, j'essaie d'expliquer à Tom qu'aucune position métaphysique n'est soutenable, pas même la sienne qui consiste à ne pas en avoir. Il ne voit pas pourquoi les hommes s'acharnent à inventer des choses au-delà du monde sensible. Le monde est ce qu'il est, et il n'y a rien d'autre à en dire. Tout le reste procède de la faiblesse des hommes qui ne peuvent pas se résoudre à n'être que ce qu'ils sont.

J'ai deux objections :

1. Je ne souffre pas seulement de faiblesse, mais de catastrophe électrique. Mon cerveau implose en continu, c'est très désagréable et je voudrais guérir.

2. Sa vision, si minimaliste soit-elle, n'en reste pas moins une vue de l'esprit au même titre que Dieu ou la métempsycose.

Toute opinion, ou absence d'opinion, est indéfendable par essence, absurde à la racine, parce que l'esprit est sa propre impasse. Dire qu'il n'y a pas lieu de penser, c'est déjà faire preuve de pensée. Hélas, le dire et le répéter n'enraye pas la machine. Depuis qu'il s'est cristallisé en conscience, mon cerveau est en salle de torture. Il essaie de survivre à l'impossibilité d'être ce que la nature a fait de lui. Le moindre début de piste serait un miracle, dans un monde qui s'avère aussi réfractaire à l'analyse qu'un éléphant au snooker. Et si on larguait l'analyse ? Avec plaisir. Je suis prête à méditer, prier, entrer en transe, en lévitation, tout ce qu'on voudra. Seul hic : ça ne marche pas. Nos sagesses, nos magies et nos mythes sont scénarios d'enfants, fables qu'on se raconte à soi-même pour occuper le temps et orienter l'espace, pour se donner une place dans un substrat sans repères. Mais rien ne marche sur moi, et mon cerveau est toujours là, à se consumer d'épouvante.

★

Pour ses amis, il était tout en vitalité, chaleur et sympathie. Ses livres disent le contraire. D'aucuns s'évertuent à comprendre le mystère. C'est bien ce qu'il raillait. Nous nous épuisons à réconcilier des contraires au lieu de les laisser vivre en liberté.

★

Je rentre d'un spectacle tard dans la nuit. Trois messages m'attendent sur le répondeur. Trois amis de mon ex. Tous me disent qu'il lui est arrivé quelque chose et que je dois rappeler au plus vite. Il est trois heures du matin. Trop tard pour appeler des gens que je n'ai pas vus depuis quelques années. Je passe la fin de la nuit dans l'idée qu'il est peut-être mort, peut-être pas. Impossible de rester dans cette incertitude, et pourtant j'y passe plusieurs heures, l'esprit paralysé dans une sorte de superposition intenable où il est à la fois mort et vivant, comme le chat de Schrödinger.

★

Le plus terrifiant est de penser qu'il est mort. Mais le plus dérangeant est de penser qu'il ne l'est pas alors que je m'y suis préparée déjà. Si je le revoyais, quelle confusion.

★

En fait, je ressens déjà cela à tout bout de champ. « Comment, vous n'êtes pas mort ? » pourrait être ma façon de dire bonjour aux gens.

★

Cioran décrit une sorte de parcours.

D'abord, le bonheur plat de l'inconscience (les animaux, les enfants, les idiots, les idéalistes...).

Puis, les affres de la conscience, où tout est purgé de sens, de valeur, de désir, pour ne laisser qu'un paysage d'absurdité désolée.

Enfin, si cela se peut, un mouvement d'héroïsme nous ramène à la sérénité par la résolution d'être homme, malgré tout. Vivre comme tout le monde, oui, mais après l'avoir voulu, par victoire sur la folie.

J'aime ce beau raisonnement circulaire. Mais je note que, dans son cas, c'est quand même la folie qui a fini par l'emporter.

Et puis, est-ce que l'orgueil de vouloir son sort en rachète vraiment le ridicule, ou bien le redouble ?

★

La nuit s'étire. Comme rien ne permet d'ajouter du poids dans un sens ni dans l'autre, je reste bloquée dans un arrêt sur alerte. Il est arrivé quelque chose de grave à Louis, mais quoi, je n'en ai pas la moindre idée. Il s'est tué. Il s'est blessé. Il a tué quelqu'un. Il est tétraplégique. Il a été kidnappé.

En tout cas, il ne peut pas téléphoner lui-même.

★

On a beau être cynique au dernier degré, on reste bienveillant avec ses proches, et même, dans bien des cas, polis avec les étrangers. Je ne crois pas que cela soit uniquement par facilité. Nous trouvons un semblant d'apaisement à participer aux simagrées qui nous dégoûtent. Le quotidien arrive toujours à nous séduire par quelque voie détournée : sensations, sentiments, surprises et autres shows laser. Si intenses et si tragiques que puissent être nos convictions intimes, il apparaît quelques moments de plaisir dans nos journées. Je les désire pour ce qu'ils sont et je les hais pour ce qu'ils prétendent être.

★

Communiquer, est-ce vraiment possible ? Pas dans la douleur. Pas dans le plaisir. Pas dans l'émotion. Exprimer, oui, informer, tout au plus. Mais transmettre quelque chose à autrui de sorte qu'il le sente comme nous le sentons, ce n'est vraiment qu'un grand mythe de plus. En général, il reste de l'autre côté d'un grand fleuve.

★

Est-ce que je souffre plus ou moins qu'un lépreux, qu'un esclave, qu'un paralytique, qu'une parturiente, qu'un affamé ? Je souffre ce qu'ils souffriraient si une douleur plus ciblée ne les accablait davantage.

Ni la liberté ni la guérison ne sont à ma portée, puisque j'en dispose déjà et que je souffre pourtant d'un mal répandu en moi comme la farine dans le pain.

★

À huit heures, je téléphone au premier ami, et toutes les branches de l'arbre tombent. Sauf une. Louis est mort. Il s'est endormi au volant dans la nuit. On a découvert son corps à six heures du matin, à côté de la voiture qui avait quitté la route. Mort sur le coup ou mort plus tard ? On ne sait pas.

★

Le choc. Je ne sais pas ce que je ressens. Mon cerveau refuse de traiter l'information. Louis était devenu l'un de mes meilleurs amis. Il ne peut pas me faire le coup de devenir mon premier ennemi.

★

Je n'ai jamais connu de personne fracturée dans mon genre, avec un gouffre en pleine tête qui s'ouvre sans prévenir. Si j'en rencontrais, je serais confirmée dans mon épouvante, sans me trouver réconfortée pour autant. Et s'il n'y en avait pas une seule sur Terre, cela ne suffirait pas à me convaincre que je me trompe. Il n'y a pas de doute sur l'effroi. Il n'y a pas d'erreur possible. Si nul autre n'en souffre, c'est que tous sont aveugles.

★

Puisqu'une impasse absolue condamne chaque cerveau, qu'importe la sociologie ? Savoir comment les tragédies se juxtaposent les unes aux autres et s'arrangent entre elles relève de la pure anecdote.

★

Nul ne peut être à l'aise avec la condition humaine. Les moins démolis sont peut-être les moines bouddhistes qui s'appliquent quotidiennement à cesser de penser.

★

J'ai beaucoup voyagé avec Louis. Je pourrais déambuler jusqu'à l'hébétude en n'importe quel endroit du globe. Le spectacle du monde est une source de fascination inépuisable quand on se trouve incapable de le penser. Il creuse la fracture entre appartenance organique et exil de l'esprit. Sentir le vent sur sa peau, c'est être au plus vrai de la vie, et contempler la vie sans comprendre, c'est souffrir aussi loin qu'il se peut. J'en suis toujours là.

★

Mourir comme ça… J'entends sa voix qui le disait souvent à propos de tout ce que les gens font : « Mais enfin, comme c'est con ! » Cette fois, c'est lui.

★

Ce sont les malades qui idolâtrent la santé, et les idiots qui idolâtrent l'esprit. Le désir est à la mesure du manque.

★

Cioran voulait rester apatride et comme tel devait faire renouveler son permis de séjour régulièrement, au prix de longues files sur le trottoir. Il aurait pu devenir français, mais s'opposait à être quoi que ce soit de plus défini qu'un homme sans patrie.

★

Quand Louis descendait de l'avion qui le ramenait d'Afrique ou du Brésil, il me disait : « Bon, et maintenant qu'est-ce qu'on fait ? », prêt à repartir pour Boulogne afin de manger des crevettes grises.

★

De ceux dont on vante l'intelligence, je pense d'abord au drame intérieur. Ils ont dû troquer l'orgueil primaire, simple et tonique, contre la lucidité, dévastatrice et stérile.

★

De Bach et de Michel-Ange, on peut dire qu'ils ont fait des choses immortelles, si on oublie que ça ne veut strictement rien dire.

★

Cioran et Simone habitaient trois pièces mansardées au dernier étage d'un immeuble de la rue de l'Odéon. Le propriétaire interdisait l'usage de l'ascenseur à cet apatride désargenté.

★

J'avais invité Louis à venir me voir ce soir-là. Il ne pouvait pas à cause d'une réunion chez des amis. Il a failli annuler, mais je n'ai pas voulu bousculer son plan et j'ai proposé de remettre à plus tard. Il s'est tué en rentrant chez lui.

★

Cioran : « Les taches sur le soleil de la vie sont si vastes qu'elles finiront par en cacher la lumière[8]. » Les taches, c'est nous. Avant l'homme, la nature était sans taches, c'est là qu'il faut placer l'immaculée conception. Puis vint le cerveau boursouflé, donc la connaissance, donc la mort, donc le mal. On ne peut toutefois pas reprocher à l'homme d'avoir manigancé quoi que ce soit. Il est facile, *a posteriori*, d'identifier le nœud de l'affaire, mais nos ancêtres du paléolithique ne pouvaient pas deviner où mèneraient leurs inventions incertaines. Alors, à qui la faute ? Le péché d'orgueil, le délit de Prométhée, a été commis bien avant qu'on puisse l'identifier. Le châtiment, lui, s'abat sur ceux qui l'ont reçu comme un très vieil héritage. Il y a quelque chose de profondément immoral dans cette histoire. Mais le monde est aussi loin de la morale que du sens. C'est nous qui avons inventé ces concepts déplacés, utiles dans les affaires humaines mais totalement inapplicables à l'univers où nous baignons. Et cela nous contrarie si fort que nous finirons par égorger la vie pour la punir de nous avoir engendrés. Ultime façon de faire triompher notre morale.

★

Le meilleur ami de Louis me demande des photos pour agrémenter la cérémonie. Obligée de visionner le visage de celui qui n'est plus. La nuit, un cauchemar me réveille. Je visitais un musée de la préhistoire. Une maquette montrait un homme de Cro-Magnon roulé en boule à même la terre. Je m'approche et je reconnais son visage à lui. Pas un visage en cire, un visage bien vivant. Je me réveille en sursaut, hantée par l'idée absurde qu'il a essayé de me dire quelque chose. Il n'y a que moi qui sois là pour me dire quelque chose.

⋆

Cioran. Tout l'effort de sa vie n'a servi à rien pour vaincre l'irrationalité du monde. Il y a au moins une bonne raison : c'est que le monde ne cherche à battre personne. Il est arbitraire et souverain, bien au-dessus de nos récriminations, définitivement hors d'atteinte. Or il nous broie, et nous n'avons d'autre ressource que de lutter. Mais contre quoi ? Ce qui mine notre combat, c'est l'absence d'adversaire.

⋆

Vivre dans l'effroi, c'est bouillonner à chaque instant, être incapable de tiédeur. Comme dans un réacteur nucléaire privé de barres de contrôle, les réactions s'emballent et la température monte. Les cerveaux incandescents, ces âmes maudites que la combustion ravage, meurent comme des étoiles filantes sur un ciel d'encre. Heureux les simples d'esprit, car ils sont épargnés. Ils parviennent à vivre sans se brûler.

⋆

On peut penser qu'il serait bon de réveiller les engourdis en les initiant au sentiment de la mort, pour faire monter leur température intérieure, façon Cioran. Le gain est clair : on désamorcerait d'un coup les attitudes vulgaires et empoisonnantes comme l'ambition, la cupidité, la jalousie, la malveillance… Mais ne serait-ce pas échanger de petits bobos contre un mal terrible ? La planète serait purgée de ses jeux d'enfants, sans doute, mais que faire de tous ces effarés ? On verrait les gens errer sur les routes, accablés, amorphes et sans désir de procréer, prêts à toutes les compromissions pour retrouver la plus petite parcelle de naïveté. C'est alors que le paradis serait perdu.

★

De part et d'autre du petit couloir étroit au sixième étage : une porte pour le deux-pièces séjour et cuisine miniature, une porte pour le bureau encombré où même Simone n'entrait pas. Il vivait dans si peu d'espace qu'il ne gardait pas les livres qu'il lisait.

★

L'ami de Louis, qui parle mal le français, me dit qu'on a crémé le corps hier. Il aurait dit « incinéré », j'aurais eu un frisson. La faute de traduction rend la chose abstraite, comme quand on dit « *Ich liebe dich* » et qu'on n'est pas ému. Je ne prends pas la peine de rectifier. Il a été crémé. Plus de corps dont il faudrait supporter la vue, plus de putréfaction dont il faudrait supporter l'idée. Il n'y aura ni cadavre ni cercueil à l'église, juste une petite urne de rien du tout.

★

En principe, tant qu'un homme est vivant, il n'a pas connu la mort. Il n'y a qu'une porte entre la vie et la mort. On y passe et l'on n'en revient pas.

Mais, dans l'effroi, cette rencontre a lieu chaque nuit, et chaque nuit c'est la mort qui l'emporte. L'homme qui en ressort vivant n'est plus en état de l'être. Il est vaincu. Mort vivant, au sens strict. Il doit conclure qu'il aurait mieux valu ne pas vivre, mais il ne s'agit pas là d'un désir – seulement d'une position désespérée. Comme le geste de se réfugier sur le bord de la fenêtre dans un cachot inondé. Ce n'est pas parce que c'est confortable. Le véritable désir serait de se sentir apte à vivre et à éprouver du plaisir.

Crever de souffrance, convoiter le plaisir, et professer l'abolition de tout, telle est l'équation des damnés de la Terre.

★

Se voyant dans une glace après des nuits d'insomnies, Cioran se trouve grotesque. Le désespoir devient comique, tant ses séquelles sont minables et bouffies. Traits tirés, bouche serrée, yeux enfoncés et, bien sûr, ce regard, ce regard effaré de Cioran que pas une seule photo n'évite. Il revoit, régulièrement, ce drame affiché dans le miroir, et ne trouve même plus la force de s'en apitoyer. Burlesque.

Risible. L'épouvante absolue n'est donc que cela : un visage distendu, un masque grimaçant. L'horreur d'une tragédie intime rejoint l'insignifiance de toutes choses et se fond dans un mépris nauséeux.

★

Au téléphone, son ami me lit le discours qu'il a écrit pour l'enterrement de Louis. Il termine en citant son petit-neveu : « Louis, toi qui aimais tellement voyager et qui as fait dix fois le tour de la Terre, j'espère que tu vas faire un beau voyage ! » J'éclate en sanglots. Rien de plus poignant que les méprises enfantines.

★

Les différentes passions humaines produisent un grotesque de bas étage. Seul le désespoir produit cette sorte de grotesque ambigu, mi-fétide, mi-sublime, dont on a peine à se désintéresser complètement. Pas tout à fait méprisable, mais certainement pas admirable, l'homme désespéré traîne un visage aussi peu classable que son agonie, un visage perpétuellement déplacé.

★

À un jeune admirateur venu le voir en quête de conseils philosophiques, il confie : « Je souffre de laryngites et de rhumes chroniques. Je fuis les courants d'air. Je suis des cures d'eau sulfureuse à Enghien. La rhinite me déshonore[9]. »

★

Il n'a que soixante ans, ce n'est pas le bout du rouleau. Mais il insiste : « Un jour, la fatigue accumulée tombera sur vous. Il ne vous sera plus possible de récupérer. Vous regretterez vos imprudences comme je regrette les miennes. Supprimez les excitants tels que le café et, je le répète, le tabac[10] ! »

Pour un homme qui estimait que toute la philosophie était jeu de langage et poudre aux yeux, il n'y avait rien de plus juste à transmettre qu'une sagesse pratique digne de sa grand-mère.

★

J'entre parmi les premiers dans l'église. Une immense photo de Louis trône sur l'autel, une de celles que j'ai fournies, et la même photo est reproduite à des dizaines d'exemplaires déposés sur chaque chaise. Il n'y a pas de cercueil. C'est pire : il y a quatre-vingts fois son sourire éclatant pour entourer ses cendres.

★

En gros titre à la devanture de la librairie : le suicide d'une star de la télé. Une photo avant : beauté sculpturale sortant d'une piscine en maillot rouge. Une photo après : civière, visage blême, cheveux en pagaille. La débandade. Je croise ensuite trois quidams tout gras, tout moches et tout médiocres. Comment ceux-ci trouvent-ils encore la force de vivre, quand même les créatures de rêve y renoncent ?

★

Selon Simone, sa vie a été une suite d'humiliations. Ses livres n'ont pas eu le moindre succès avant 1986, quand il avait soixante-quinze ans. Quand il allait chez son éditeur, il devait répéter son nom car personne ne le connaissait.

★

Dans le train où nous nous sommes rencontrés, Louis m'avait confié qu'il avait peur de mourir, que ça le terrorisait, qu'il ne voulait surtout pas y penser. Je ne sais toujours pas s'il est mort au moment de l'accident, ou s'il a eu des heures pour y penser avant de succomber au froid. Pendant que je dansais, pendant que tout le monde tournait rond, il aurait agonisé tout seul en chemise à même le sol par une nuit glacée. Je ne veux plus jamais y penser. Jamais.

★

Simone, la femme de l'ombre, a encore soutenu sa carrière pendant deux ans en assurant l'édition posthume de ses nombreux cahiers. Après quoi, on l'a retrouvée morte sur une plage de l'Atlantique. Certains disent qu'elle s'est noyée accidentellement.

★

Hier soir, au lit, j'ai posé la tête sur le torse de Tom. C'était un simple geste tendre, qui fut vite perturbé par un vacarme insupportable. J'avais l'oreille posée à l'endroit du cœur. Il était bien normal que je l'entende battre, mais je réalisais pour la première fois quelle sorte de bruit cela faisait réellement, un bruit que je n'ai pas trouvé rassurant. Une impression d'effort énorme s'en dégageait, comme d'un travail à contrecœur, si j'ose dire, et aussi l'idée que l'organe était indépendant du corps et enchaîné à lui par une malédiction. On aurait dit un petit animal rétif, retenu prisonnier dans cette cage, et contraint à travailler jusqu'à l'épuisement. Chaque battement était un spasme douloureux, qui semblait vouloir être le dernier. Et puis, le cœur se ramassait à nouveau, se contractait dans un dernier effort, pour battre encore une fois. J'étais terrifiée d'écouter ça. Et je sentais aussi un petit effondrement des côtes à chaque battement. Une faille, une contraction, un rictus de douleur.

Quand je m'intéresse d'un peu trop près aux pompes et aux poulies qui nous animent, je ressens un vertige immonde. C'était ça, le corps chaud de Tom, une grande machine en effervescence, des flux et des pistons, même à l'heure où il dort. Même dans l'amour, même dans la douleur, même dans la poésie, des pompes qui pompent, des sacs qui se gonflent, des liquides qui suintent. Et ce tapage assourdissant, ces coups de boutoir, ce martèlement du cœur pas plus gros qu'un poing : comme des coups de pied au cul qu'il faut sans cesse donner à la vie pour qu'elle consente à ne pas s'arrêter là.

CHAPITRE CINQ

Eugénie avait peur

Un nouvel enterrement se prépare. Notre cousine hollandaise va de plus en plus mal.

Parmi les vieux de la famille, j'ai un faible pour elle. Femme d'action, indépendante, elle a géré sa propre affaire, vu du pays, conduit sa voiture, enterré trois maris et oublié de faire des enfants. Beaucoup d'excentricités pour son époque. Elle est en train de s'éteindre, goutte à goutte. Comme elle dit, elle a fait son temps.

⋆

Quand j'étais gamine, on m'envoyait faire les commissions au coin de la rue, chez un boucher bouffi qui me faisait peur. Aujourd'hui le magasin est fermé : commerce à remettre. Soit il est riche, soit il est mort. Pour lui, la nuance est d'importance. Pour moi, c'est kif-kif.

⋆

Ma mère aperçoit le vieux d'en face qui soigne ses roses.

« Tiens, voilà notre petit veuf. Il ne se laisse pas aller. Il est tout le temps occupé dans le jardin. Ça doit quand même lui faire tout drôle, d'être seul. Ils étaient toujours ensemble. L'autre jour il m'a dit : "J'ai perdu beaucoup, vous savez, beaucoup !" »

Et elle, donc !

⋆

Il y a quelque chose de profondément idiot à rester sur la case stupeur, alors qu'on pourrait décider de s'en foutre et s'employer à quelque chose. M'employer, justement, me dégoûte, alors que je ne m'en voudrai jamais d'avoir été idiote.

★

Idiotie et lucidité peuvent aller main dans la main. C'est la bêtise, des deux côtés, qui éteint tout.

★

La conscience est l'objet le plus ambivalent de l'univers, parce que c'est l'idée de la perdre qui nous rend incapables de la posséder, de sorte que nous ne savons plus si nous la voulons ou si nous ne la voulons pas. La folie est peut-être le meilleur compromis. Folie déclarée, ou bien démence ordinaire des idéologies, des religions, des opinions…

★

Celui qui a passé sa jeunesse à crier au naufrage n'a pas eu de jeunesse. Il était capable d'en mesurer la valeur et d'en apprécier l'éclat, mais la conscience de l'éphémère brise irrémédiablement la candeur qui permet d'en profiter. Les naïfs, eux, vivent pleinement leur jeunesse sans le savoir. Plus tard, quand ils mesurent la brièveté du bonheur, ils s'en veulent de ne pas en avoir profité plus consciemment. Mais s'ils avaient su, ils n'auraient pas vécu ; ils auraient regretté leur bonheur à la place de le vivre.

★

L'actualité. Je ne peux pas m'y intéresser. Elle change tout le temps, et c'est toujours la même. C'est comme un livre d'histoire : anecdotique et stupidement compliqué. Toutes les péripéties publiques s'aplatissent dans un brouhaha nauséeux. Vivre ici et maintenant est une coïncidence sans intérêt ni signification.

★

Cioran dit : « le penseur organique » pour désigner celui qui pense avec ses tripes, ou plutôt celui que ses tripes obligent à penser. Foudroyé par des souffrances intolérables, il en est « réduit » à penser. Il n'a pas choisi le sérieux qu'il affiche. Il court seulement en quête d'une sortie de secours.

★

Si l'on considère que la mort viendra frapper chez nous à son heure, on peut jouir, en attendant, d'une confortable intimité.

Si l'on comprend que la mort est assise à notre table et qu'elle va bientôt la renverser d'un grand coup de pied, on se sent soudain beaucoup moins à l'aise chez soi.

À dire vrai, chez soi n'existe pas. C'est la mort qui nous offre le vivre et le couvert. Nous sommes, dès le premier jour, ses invités, plus ou moins bien traités, mais toujours contraints à nous ébattre sous son regard.

★

Pourquoi ai-je plongé dans les affres de l'épouvante, sans y être poussée par aucun accident ou deuil, aucune maladie, défiguration ou avanie ? Cioran dirait que j'ai fait l'économie de la maladie. Je trouve plutôt que j'ai fait la dépense de l'effroi.

★

Très peu de gens, croient intimement ce que la société proclame dans son ensemble. Il faut des étendards pour fédérer des troupes qui au fond s'en fichent du tiers comme du quart. Enfin, j'espère…

★

Orgasme : phénomène organique d'origine organique. Il faut le provoquer. Régi par le désir.

Effroi : phénomène organique d'origine cérébrale. Il faut le fuir. Régi par la peur.

★

« Quand je serai mort, je ne serai plus là pour m'en apercevoir », nous dit cet homme plein de bon sens. « Pourquoi aurais-je peur ? »

Pour ma part, si étrange que cela puisse paraître, chaque nuit je dors avec la mort dans mon lit. Et je vous jure que je suis là pour m'en apercevoir.

★

Épargnez-moi la logique à deux sous, de grâce, quand mon cerveau coule comme du plomb fondu dans mon crâne.

★

Une des ex de Tom s'est suicidée. Nous voilà à égalité avec l'idée de savoir qu'un corps auquel on s'est mélangé n'existe plus. Ces caresses que l'on promenait sur sa peau. Quelle peau ?

Tom ne voyait plus cette fille. Sa mère a glissé un mot dans la boîte aux lettres : « Vous aviez fait beaucoup pour elle. J'ai pensé que vous deviez être informé. Elle a eu l'horrible courage de se pendre. »

★

Là où la science parle d'« irréversible », Cioran emploie le mot « irrémédiable ». C'est toute la distance entre la théorie et la pratique.

★

J'ai adoré l'astronomie jusqu'à l'âge de quatorze ans. Puis j'ai rencontré l'effroi, et j'ai fui le ciel comme la peste parce qu'il dénonçait l'infini de l'Univers, ce vide sans fond dans lequel je dérapais à tout bout de champ, déjà sans l'aide des étoiles.

★

Pour qui a fait l'expérience du néant, un double mouvement s'installe. Rapprochement d'abord. Chaque violence passée ou à venir nous vise personnellement. À l'idée qu'un chien errant puisse recevoir un coup de pied, nous avons envie de pleurer. Simultanément, tout s'éloigne. Chaque événement n'est qu'un accroc dans l'immense flux de l'univers. Le moi perd ses lunettes ordinaires pour se retrouver équipé à la fois d'un microscope et d'un télescope. Plus aucun sentiment de voisinage n'est possible. Il n'y a que de l'identité ou de l'étrangeté. Tout est souffrance, et tout est solitude infinie.

★

Quand je vois un enfant qui réclame une crêpe, une glace ou un ballon, j'ai des frissons dans le dos. Je sens la mort bien plus clairement quand elle fait semblant de ne pas être là.

★

Comme tous ceux dont le bavardage souligne le vide bien plus clairement que s'ils se taisaient.

★

Faut-il appeler frigides mentaux ceux qui ne connaissent pas l'effroi ? La fracture me paraît bien plus profonde qu'entre ceux qui jouissent et ceux qui ne jouissent pas.

★

Se lier à un partenaire et s'affubler d'une progéniture, voilà le meilleur stratagème pour s'absorber dans les soucis comme une goutte d'eau dans un Kleenex. Les moines bouddhistes, qui essaient d'arrêter de penser, oublient le truc si simple et si efficace de la famille nombreuse. C'est qu'en plus d'arrêter de penser ils voudraient aussi se détacher de l'existence matérielle, comme si ce n'était pas parfaitement antinomique.

★

Voyant une femme qui arrachait des branches d'un arbre tout fleuri de jaune, pour en faire un bouquet, je me disais qu'on démolit toujours ce qu'on aime.

★

L'effroi peut parfois se donner l'air grandiose, car paré du prestige de l'infini. C'est une illusion d'optique, tout comme l'appel de la forêt peut paraître séduisant quand on est blotti près de la cheminée. Dès qu'on pose un pied dans l'engrenage, on mesure l'inconséquence des rêveries de salon. J'étrangle le premier qui me dit que j'ai de la chance.

★

J'ai toujours eu une peur bleue des momies. À dix ans, je refusais de lire l'album de Tintin *Les Sept Boules de cristal* à cause de Rascar Capac. Plus étrange : à vingt ans, je m'y refusais toujours.

★

C'est le premier novembre, et je n'ai pas été au cimetière. Mes parents s'y rendent chaque année, qu'il pleuve ou qu'il vente. Ma génération est beaucoup moins préoccupée de culte aux ancêtres.

À la Toussaint, nous partons en vacances en Provence. Je ne vois pas qui s'en porte plus mal.

★

Ma tragédie est totale, mais elle n'a pas plus d'importance que celle d'un moucheron. C'est précisément ce qui la rend si révoltante. Si encore quelqu'un s'en souciait. Je veux dire quelqu'un là-haut. Mais non, je souffre sans responsable et sans témoin.

★

Cioran a-t-il fait des ravages ? A-t-il perverti une jeunesse qui aurait pu, sans lui, trouver la force d'entreprendre ? C'est ce que diront les moralement corrects, les désireux d'exister.

Mais, si sa voix n'est pas éteinte, c'est qu'il y a des oreilles pour l'écouter. Comme une marée noire, il surnage sur une époque imbibée de dégoût, de désolation passive et d'achèvement de soi.

★

Ceux qui ont cru en un avenir meilleur, et qui ont lutté pour l'obtenir, en y laissant leur peau, ont eu la chance d'un vrai bonheur, tendu vers une perspective. Quoi de plus enviable que le sacrifice, qui nous évite le pire : vivre pour nous et constater qu'il n'y a rien de plus fade ?

★

La folie est bien la seule réponse sensée au problème de l'existence. À débile, débile et demi. C'est la seule issue hors du piège. Mais choisit-on de devenir fou ? Non, et je reste en rade.

★

Passant quelques jours en Provence, je pense à écrire une carte à Eugénie qui va mourir. J'y pense et puis j'hésite. Elle sera peut-être morte avant que ma carte n'arrive, et je n'aime pas l'anachronisme. Sinon, que lui dire ? J'espère que tu vas bien. Ridicule. Je suis de tout cœur avec toi. Hypocrite. Je passe de très belles vacances. Goujat. Que peut-on écrire à quelqu'un qui vit ses derniers jours ? Je ne vois pas ce qui pourrait la consoler. Savoir que quelqu'un pense à elle ? Quelqu'un qui est jeune, qui s'éclate en

Provence, qui s'amuse et qui l'oubliera ? Personnellement, ce n'est pas ça qui me remonterait le moral.

★

On a vu l'extase comme un accès à un niveau plus élevé de réalité, qui nous dépasse complètement. Tel le poisson qui saute hors de l'eau, le mystique toucherait du doigt un élément plus noble que le nôtre et s'en trouverait transfiguré. Mais l'extase n'a pas besoin de cette construction verticale. Si le poisson, au lieu de nager benoîtement, se mettait à *voir* l'eau pour de bon, il éprouverait le même vacillement. On peut être mystique sans changer d'étage.

★

Cioran décrit une extase sans transcendance. Un état hors de la raison, forme d'adhésion inconditionnelle à l'existence, et échappant à tout contrôle. Une émotion tellement puissante qu'elle atomise le cadre qui l'a fait naître : temps, lieu, corps, jugement, tout est submergé par un bonheur inexplicable, une sérénité radieuse dont on ne se serait jamais cru capable. Cet état apporte, pour le temps qu'il dure, une réponse définitive à toutes les questions, comment ?, en pulvérisant les questions. L'extase pourrait être l'autre face de l'effroi, partageant avec lui un bouleversement de l'expérience habituelle, mais dans la direction opposée. L'effroi est toutefois beaucoup plus fulgurant que l'extase. Il déboule brusquement, comme la foudre, là où l'extase installe progressivement ses plumes et ses clochettes avant de jouer un concert dont nous avons le temps de profiter.

★

Où, quand, cette extase ? Dites-nous.

N'importe où, n'importe quand. Chaque fois que les yeux découvrent ce qu'ils voient, les oreilles ce qu'elles entendent, les doigts ce qu'ils touchent. Dans la nature et dans les gens. Dans les bruits, dans les odeurs. Dans le pelage d'un chat. Dans le modelé d'un nuage. Dans la boucle de l'horizon. Dans un frigo en panne. Il n'y a guère de circonstance qui ne puisse susciter l'extase.

Mais que cela suffise pour affronter la mort, non. Jamais.

L'extase peut s'accumuler jour après jour, jusqu'au vertige, cela compense le désespoir sans l'entamer d'un poil. Personne n'arrivera jamais mieux armé qu'un autre au bout du compte. On n'enlève pas la toile de fond de l'Univers.

★

Je prends le volant pour rentrer chez moi. Je pousse le disque qui se trouve dans le lecteur, au hasard. Bach retentit comme un miracle sur mon humeur bizarre. Du violoncelle en plein carrefour, et immédiatement je cesse de voir le trafic, je ne vois plus, sur le pare-brise de la voiture qui me précède, que le reflet du ciel. La musique et le ciel. Le ciel et la musique. Quelque chose se produit comme une longue déflagration. Ce sont les meilleurs moments de ma vie, ces illuminations des trottoirs. La copulation du quotidien et de l'extrême. Je ne suis pas souvent émue par la circulation d'un boulevard, ni même par un violoncelle au concert, mais l'un dans l'autre, l'un sur l'autre, l'un à travers l'autre, ça me donne envie de chialer à grosses gouttes ; et comme explication vous ne pourriez tirer rien d'autre que « c'est beau, c'est beau, qu'est-ce que c'est beau ! ». Impossible d'en dire plus. Si cela m'arrive au volant, j'ajoute des tours du bloc, des tours de la ville, autant qu'il en faut, je vais au bout du miracle avant de me garer. Je roule dans une lumière préalable à tout, je flotte en deçà de l'en deçà, en amont de l'amont, j'initialise mes circuits vaseux d'animal rampant et ils se mettent à clignoter tous en même temps. Rinçage magistral. J'en ressors la conscience éblouie comme une pile de linge frais.

★

« Osiris est une divinité noire. » Voilà la dernière phrase de l'initiation des mystères égyptiens[1]. Après des années d'études, d'épreuves et de réflexion : une boîte noire au bout de la route. On pense aux blagues où quelqu'un est lancé sur une piste avant de recevoir, pour toute solution, un pied de nez et un grand éclat de rire.

La connaissance ultime est inexprimable. Simple pirouette, ou vérité de haut vol ? Les deux, mon chou.

★

Le sens commun considère l'excès de sensibilité comme une déviance passible de qualificatifs cliniques ou ésotériques. Ce sont des exaltés, des médiums, des mystiques, des illuminés... Curieusement, on ne désigne d'aucune façon les gens présentant un déficit de sensibilité. On les appelle habituellement ingénieurs, mais cela désigne un statut social flatteur et en aucun cas une maladie.

Ces humains qui fonctionnent sur le modèle établi de l'analyse et de la décision semblent tout simplement inaptes à voir ce qu'ils regardent, à sentir ce qu'ils font, à produire une seule parcelle de poésie. Je pense que les craintes des sciences-fictionnistes sont périmées. Les robots sont déjà parmi nous.

★

Il dit tout sur la mélancolie avec cette phrase : « On ne qualifiera jamais un enterrement de mélancolique[2]. » La mélancolie est une forme pas bien réveillée du désespoir, un malaise dans lequel l'engourdissement produit une certaine volupté, une souffrance légèrement droguée. La mort y ouvre une plaie à vif.

★

Cette fille qui a eu « l'horrible courage de se pendre », c'est parce qu'elle a vécu dans cette maison, qu'il y a – aujourd'hui encore – deux lavabos dans la salle de bains et un chat dans le jardin. Tom nourrit le chat, j'utilise le second lavabo, et nous pensons rarement à elle.

★

Depuis le temps que nous accordons nos instruments, il serait temps de penser à donner le concert. Mais non, nous sommes et nous resterons, encore et toujours, *déconcertés*.

★

Lorsque quelque chose nous est retiré, un être cher, une amitié, un moment de joie, un objet précieux, un espoir de succès, nous sommes tristes. Pourquoi certains hommes sont-ils tristes après l'amour ? C'est d'avoir perdu l'espoir d'un bonheur qui n'est pas venu avec le plaisir. Et la tristesse après les fêtes ? Là aussi, quelque chose qui n'est pas venu. La vie qui ne s'est pas montrée à la hauteur.

Quand on sait que rien ne saurait être donné, jamais, mais seulement les illusions arrachées une par une, on comprend que la tristesse est la condition naturelle de l'homme et qu'elle arrive par paquets, au rythme aléatoire de nos déceptions, lesquelles sont les plus fortes lorsque nous obtenons ce que nous convoitions et que nous constatons que ça ne vaut rien.

★

Cioran parle de la déception qui suit l'acte sexuel : « On peut avoir une vision postsexuelle du monde qui est la plus désespérée possible : le sentiment d'avoir tout investi en quelque chose qui n'en valait pas la peine[3]. »

★

Dans un train, il se trouve charmé par la beauté de la jeune fille qui lui fait face. Ne voulant pas tomber dans ce vieux panneau, il décide de réagir et se met à l'imaginer à l'état de cadavre, dans un stade de décomposition avancé. Rien n'y fait. Elle lui plaît toujours.

★

La mort n'efface pas la beauté. Mais la beauté ne résout pas la mort.

★

La question de la beauté est strictement étrangère à l'effroi. Elle ne prend cours qu'après avoir signé la convention de vivre. Elle peut devenir, si on le décide, essentielle dans l'art de naviguer, mais jamais d'aucun secours face au naufrage.

★

Tout est perdu. Dès qu'on respire, tout est perdu.

★

Je croise une femme au visage très long et très plat, quasiment concave, dissimulant mal les os qu'il recouvre. J'imagine très bien son crâne dans un musée d'anthropologie.

Tous ces crânes entassés dans les musées, avec des étiquettes, nous n'avons aucune idée de leur visage. Il fut et il n'est plus. Les os n'en portent aucune trace.

Elle, c'est l'inverse. J'ai vu son visage, et j'ai imaginé la vitrine avec son crâne, dans un musée du trentième siècle.

⋆

Dans le métro, un gosse explique à un autre qu'un monsieur est mort avec une crise cardiaque. Comme s'ils vivaient ensemble depuis longtemps.

⋆

Gilles Deleuze s'est suicidé. Du coup, je m'intéresse à ses travaux. Un type capable de se jeter par la fenêtre à soixante-dix ans mérite tout mon respect.

⋆

La logique est la meilleure et la pire des choses. Surtout la pire.

⋆

Il y a des gens qui regrettent toute leur vie de ne pas avoir fait ou dit telle chose avant la mort de X. Le disparu étant disparu et incapable de s'en soucier, ils fabriquent un malaise qui n'embarrasse qu'eux-mêmes.

Je n'ai retenu qu'une chose de mes cours d'économie, c'est la théorie des coûts perdus (*sunk costs*). Si une dépense stupide est faite, il est inutile d'en tenir compte dans les calculs de décision nouveaux. Cet argent est dépensé, quoi qu'on fasse. Il n'y a pas lieu de le compter, il faut raisonner à partir de zéro. *Idem* pour les gens. Fini, c'est fini. Aucun regret ne les fera frémir. Vivez et pensez à partir d'aujourd'hui.

⋆

Cioran renonce à tout car rien ne saurait le tenter. Il démissionne de sa condition d'homme. Pas pour retourner vers l'animalité, toutefois, car il n'y a pas de marche arrière possible. Ce qu'il veut, c'est jouir d'une supraconscience, c'est-à-dire vivre au-delà des affres de la conscience.

Peut-être est-ce trop d'impatience, et cette faculté ne fleurira-t-elle que dans quelques siècles ou millénaires ? Peut-être sommes-nous les ébauches sacrifiées d'un homme à venir ? L'évolution a déjà sorti tellement de créatures du néant que l'on peut bien s'attendre à n'importe quoi. Nous ne sommes pas en état de découvrir si nous sommes une étape ou un cul-de-sac de l'Univers.

*

Deleuze. Ce qui me séduit, ce n'est pas qu'il se suicide à soixante-dix ans. Ça me paraît normal. Mais c'est qu'il l'ait fait en se jetant par la fenêtre. C'est un geste tellement juvénile. Un suicide d'une fraîcheur irrésistible.

*

Le monde est un paysage de matière, la vie, un dédale de frissons dans ce paysage, et la conscience, une plaie ouverte qui fait vomir certains frissons. Chaque cerveau humain possède la science de faire saigner l'Univers, à force de tant de plis sur lui-même. L'irritation est trop grande, au cœur de nos méandres corticaux, la surchauffe guette, le volcan fait son nid. Si le cataclysme naît d'un excès de concentration, peut-être la paix est-elle dans un mouvement de dissolution. Dans ce cas, je demande : existe-t-il une autre voie de dissolution que la mort ?

*

Tous les enfants sont naïfs, c'est pourquoi on leur raconte des histoires. Puis, certains, la naïveté les quitte. Qui, quand, dans quelles conditions ? Mystère. Ceux-là ne seront plus capables de coller à l'existence. Ils se retrouvent en marge, incompréhensiblement abandonnés par la faculté de vivre qui ne semblait pourtant pas être une science. Justement. C'est par la science acquise qu'ils se sont détachés de ce qu'ils savaient sans l'avoir appris. Détachés, comme un fruit détaché de l'arbre. Cette perte est définitive.

*

Pour Cioran, il existe trois remèdes au cafard : rester en boule sous la couette, lire le dictionnaire et se promener dans un cimetière.

*

C'est un cimetière avec des rues qui portent des noms, des sens interdits, des gens qui cherchent leur chemin sur une carte. J'y suis venue parce que la lumière est belle.

Dans la première allée, à quelques mètres de l'entrée, un couple s'est arrêté devant un caveau imposant. On dirait qu'ils sont ici chez eux. Ils s'invectivent pour savoir qui a oublié la clé. Finalement, ils posent leurs fleurs de part et d'autre de la marche et collent leur visage contre la porte pour essayer d'apercevoir l'intérieur.

Étonnant que quelqu'un puisse encore visiter ce genre de caveau délabré tout à l'entrée du cimetière. Je les croyais voués à planter le décor. Mais ces deux-là donnent l'impression d'avoir quelque chose à y faire.

Je marche au hasard. Je n'ai pas de projet. Surtout pas les tombes célèbres. Je ne suis là que pour la lumière.

La Toussaint vient de passer, il y a des fleurs partout. Beaucoup de fleurs jaunes, la couleur de la joie. Nos rituels de mort sont pourtant du genre terne. À quoi pensent les fleuristes ? Au fond, ils n'ont pas tort. Les vivants préfèrent la joie. Aller pleurer grand-mère, oui, mais lestés de plusieurs brassées de soleil.

Je vois des gens qui cherchent certains endroits. Ils déplient leur plan sur les tombes, demandent leur chemin à d'autres.

Je rencontre trois jeunes gens, pas le *look* qu'on voit dans les cimetières, ils cherchent la tombe de Jim Morrison. Non, je ne sais pas. Ils arrêtent une autre fille, un peu plus loin derrière moi. Elle a un plan. Ils font des signes de bras.

Plus bas, un homme s'affaire à nettoyer une tombe. Une femme plus âgée le regarde d'un œil de directeur de chantier. Elle dit de commencer par le dessus. Il brosse. Elle dit : je vais chercher de l'eau. Il répond qu'il lui en reste pas mal. Elle dit : Oh ! il en faut plus que cela. Elle se dirige vers la petite pompe dans l'allée, place sa bouteille en plastique sous le robinet, tourne la manivelle de l'autre main. L'eau coule. Elle revient poser la bouteille sur la pierre où l'homme travaille, puis saisit deux pots de bruyères fanées qu'elle va jeter dans le container. Ça fait Bang ! Bang ! Avec son imper blanc, très léger, qui se gonfle quand elle marche, on dirait un ange.

Je l'entends encore dire : je vais chercher de l'eau. Manivelle. Ange. Brosse. Bruyères neuves. Une industrie.

Je fais des photos de temps en temps. D'après la lumière. C'est elle qui décide. Parfois aussi pour coincer les gens. Je ricane à les prendre en faute. Très profond sentiment qu'ils n'ont rien à faire ici. Jeux de pervers. Manies morbides. Ils font comme si la mort n'était pas un trou noir. Comme si on pouvait lui cirer les moustaches.

Les photos échouent à capter le chant des oiseaux, seule vie souveraine ici.

Les tombes se suivent, bien alignées, rectangles après rectangles, empilement des familles sous chacun d'eux. Voilà, un rectangle de pierres, dans lequel un arbre prend son élan. Ça change un peu.

Juste avant que j'arrive ici, un homme en gabardine bleue s'est arrêté devant cette tombe. Je me suis postée dans l'ombre pour l'observer. Il ne s'est pas arrêté distraitement ou par curiosité, il est venu spécialement sur cette tombe qui se trouve en dehors de l'allée principale. Il s'est penché au-dessus des fleurs en tendant le cou en avant, comme pour déchiffrer l'inscription sur la petite plaque : *À notre maman / À notre mamy*. Puis il s'est redressé. Parti.

Je suis maintenant à l'endroit où il était et j'ignore tout de ce qui se tramait en lui. Un lien ? Pas de lien ? Quel sens derrière trois minutes de présence ? Un hasard, un désespoir, une habitude, ou rien du tout ? J'imagine d'autant plus que j'en sais moins. Il avait une gabardine bleue.

J'ai renoué mon lacet devant la tombe de Charles Frédéric, baron de Mecklembourg, décédé à Paris le 20 juin 1854 à l'âge de soixante-dix ans. Sa tombe est moche. Je préfère celle de la famille Beaussire-Dorival. Une pierre à l'arrondi impeccable, avec une patine qui visite tous les gris, avec une lumière qui la fait vivre, des lettres parfaites, comme enfoncées dans la pierre d'un seul geste. On dirait les tables de la loi.

Dans les cimetières, les feuilles sont mortes aussi, autant que les morts, mais celles-là peuvent errer par-dessus les tombes.

Dans une allée, je passe devant un homme assis sur un banc. Il se lève et marche derrière moi.

Je photographie un très vilain gisant. Il a l'air bleu de froid, très mal en point, et ne donne pas envie de séjourner ici. L'homme me regarde faire puis s'approche pour dévisager la statue derrière moi, comme si c'était une empreinte laissée par mes pieds.

Je photographie l'orange fou d'un bouquet. Il m'observe encore. Je lui lance un regard qui n'a pas envie d'être dérangé. Il se détourne et fixe son regard sur une autre jeune femme, aussi photographiant, à qui je suis heureuse de laisser ce paquet.

Tout à coup, j'ai le tournis. Le début du parcours était fait de méandres et de pentes. On n'en voyait que peu à la fois. Maintenant, les allées sont droites, à perte de vue, dans toutes les directions. Trop de morts. Je ne sais plus où aller. Je voudrais rencontrer un kiosque, ou une photocopieuse, ou un hot-dog. Ici, tout est pareil. Croix. Pierres. Fleurs. Dates. J'étouffe. J'ai l'impression de faire partie des déchets que les morts sécrètent. Curieusement, les poubelles des cimetières sont pleines.

Je ne suis pas la seule à vouloir sortir d'ici. Dans sa pierre, un ange s'ennuie. Il est très beau. Je voudrais d'un baiser pouvoir l'éveiller et qu'il m'emmène sur ses ailes. Un cimetière vu d'en haut, ça doit être comme un gratte-ciel vu d'en bas. Un gratte-terre.

Je ne veux plus continuer sans savoir où est la sortie.

J'interroge un jeune homme avec plan. Je me sens mieux.

Je photographie un nigaud – buste en bronze – mort pour la France.

Aussi le sourire mutin d'un petit ange qui veille sur la famille Galopin.

Je croise une troupe en pleines manœuvres. Un qui cause, dix qui écoutent, deux qui photographient, un qui s'emmerde.

Le pire : voir la photo des disparus. On peut mesurer l'ampleur des dégâts. Sur les noms, on ne voyait pas trop de chair. Mais ici, il faut bien se rendre à l'évidence. Tous ces gens ont vraiment vécu.

Je préfère regarder ailleurs. Sur les bords. En lisière d'épouvante. Il y a parfois de petites choses supportables. Presque douces. Un assemblage de tons roses sur un seuil. Ce pourrait être n'importe quel seuil. Ce pourrait être un bouquet de mariée. Si l'on inventait soi-même toute l'histoire.

Les cimetières, finalement, c'est utile aux pigeons – perchoir, abri, dépotoir. Vu ainsi, ça me dérange moins.

★

Je lis Cioran en écoutant le groupe Nirvana. La violence de la musique traduit mieux que les mots la rage intérieure. On s'adresse aux sens plutôt qu'au cerveau pour crever l'abcès. Les mots ont le terrible handicap du détour par l'intellect, alors que le mal, en tout cas ses symptômes, est purement physique : un couteau planté dans le ventre. Cependant, la musique est moins explicite, et celle de Nirvana pourrait illustrer plusieurs sortes de rage. Elle produit une osmose intense mais vague. L'auditeur fabrique le sens lui-même, à partir d'une humeur où il se reconnaît. En ce qui me concerne, le fait que Kurt Cobain se soit tiré une balle dans la tête donne du poids à sa voix. Il n'était pas seulement excité mais vraiment à côté de ses pompes. Curieux que Cioran ait résisté au suicide. Curieux que ces deux-là me fassent le même effet.

★

La conscience est une loupiote qui jaillit en fin de fabrication d'une machinerie effroyablement compliquée. Elle peut servir à éclairer la route, elle peut se permettre toutes les pirouettes, oublier l'appareil d'où elle jaillit, tant que celui-ci remplit ses fonctions correctement. Comme le conducteur d'une voiture, c'est elle qui dirige l'engin, du moins jusqu'à la première panne. À partir de là, c'est le véhicule qui mène son conducteur au garage, parfois pour une broutille, parfois pour mettre fin à l'association. Le conducteur est rendu à la liberté d'acheter une autre voiture ; l'âme, elle, est rendue pour de bon. Elle était tout entière dans le moteur.

★

Certains esprits, avant de connaître des avaries, ne peuvent s'arracher à la contemplation du prodige technique qui les fabrique en continu. Au lieu d'éclairer la route, ils éclairent stupidement la machine. Ce sont, comme certaines dents, des esprits qui poussent de travers et qui claudiqueront dans l'existence, parce que l'oubli de la matière ne leur est pas permis. Ils préféreraient gambader devant l'équipage, sans voir ce monstre dont ils émanent, mais une glu trop forte a courbé leur regard. Ils marchent dans la stupeur de constater leur propre assemblage.

⋆

Quels que soient ses efforts, on ne pourra jamais éblouir – dans le meilleur des cas – que d'autres humains. La belle affaire !

⋆

Chacun est seul au monde, situation pénible, mais surtout le monde est seul au monde, voilà le vrai tragique. L'abandon à l'échelle cosmique est le plus irrémédiable qui soit, car de qui attendre une main secourable ?

En mathématique, la multiplication de deux termes négatifs produit un résultat positif. Et si la solitude individuelle multipliée par la solitude cosmique produisait quelque chose d'inattendu ? Être isolé dans un monde abandonné, c'est presque retrouver quelque chose. Si c'est le monde entier qui erre, je ne suis plus vraiment perdue – puisque je ne saurais en aucun cas m'y sentir orientée. Mes gesticulations sont moins désordonnées dans le chaos que dans une belle architecture qui refuserait de m'ouvrir ses portes. J'y vois un sens très bref et limité, sans connexion à rien, mais enfin, une possibilité tout de même : celle de choisir le sens que je veux. Dans l'univers aléatoire, chaque vie est une carte blanche. Reste à l'explorer, autant que faire se peut, à l'instinct personnel. Adopter le système de quiconque serait un péché mortel.

⋆

Il ne fait aucun doute que la quête du sens est une entreprise stupide. Mais alors ?

⋆

Il y a une exaltation chez Cioran qui cadre extrêmement mal avec ses idées. Les gens qui portent ce vide en eux n'ont pas souvent autant de tempérament.

*

Dans le train, deux collégiennes m'apostrophent : « Bonjour, auriez-vous cinq minutes à nous consacrer pour répondre à un sondage ? » Je dis non. Elles se tournent vers mon voisin, un homme d'affaires qui remue des dossiers.

— Bonjour, auriez-vous cinq minutes à nous consacrer pour répondre à un sondage ?

— Que voulez-vous savoir ?

— C'est un sondage philosophico-religieux.

Un peu décontenancé, l'homme dit : « Bon, allez-y… »

La première fille fait signe à la seconde de s'asseoir pour prendre note. Elle-même commence à lire son questionnaire sur un ton scolaire, qui déchiffre plus qu'il ne lit.

— Êtes-vous marié ?

— Oui.

— Avez-vous des enfants ?

— Oui.

— Quelle est votre profession ?

— Ingénieur.

— Selon vous, qu'est-ce qui empêche actuellement l'homme d'être heureux ?

— … Euh… lui-même !

— Quelle est, selon vous, la solution à ce problème ?

— … Eh bien… essayer d'être heureux, justement.

— Parmi les personnages que je vais vous citer, quel est celui dont vous connaissez le mieux la pensée ? Bouddha, Mahomet, Marx, Jésus-Christ.

— Aucun.

La fille relève le nez de sa feuille.

— Vous n'en connaissez aucun ?

— Si, mais pas un particulièrement mieux que les autres !

La fille assise paraît perturbée. Elle attend une consigne de l'autre, qui lance sur un ton un peu agacé : « Bon, tu marques : aucun !

— Qui est Jésus-Christ selon vous ?

— Quelqu'un qui a vécu il y a deux mille ans.

— Pratiquez-vous une religion ?

— Non.

— Croyez-vous en Dieu ?

— Non !

— Si Dieu vous offrait une relation personnelle avec lui, cela vous semblerait-il souhaitable ?

— Je vous ai dit que je ne croyais pas en Dieu, alors ça n'a pas de sens !

— D'après vous, comment devient-on chrétien ?

— Par l'éducation.

— C'est la fin du questionnaire. Voulez-vous recevoir les résultats de cette enquête ?

— Non merci.

— Nous vous remercions.

La dernière phrase aussi, elle l'a lue sans lever les yeux. Les deux filles s'éloignent et j'ai maintenant en face de moi un ingénieur qui ne croit pas en Dieu et qui déballe son sandwich au thon. Il esquive mon regard. Comme s'il était gêné.

⋆

Marx, classé parmi les opiums du peuple. Très amusant.

⋆

Broutilles, mensonges et vastes blagues, voilà les ingrédients de l'univers mental depuis la mise à feu de la machine pensante. Tout cela maintient une grande agitation dispensatrice d'oubli. Il est vrai que je ne sais pas quel avancement nous pourrions espérer dans un paysage mental en forme de gouffre.

Il n'y a que la crédulité ou l'épouvante, c'est plutôt puant comme dilemme, et du reste le choix ne nous est pas laissé. Chacun tombe dans l'une ou l'autre marmite quand il est petit, façon Obélix.

⋆

La conscience du néant. D'où sort un accessoire aussi contraire à la logique du vivant ? D'ordinaire, la nature ne fait pas dans le contre-productif. Pourtant, on ne nous aurait pas encombrés davantage en nous affublant de pieds de un mètre de long ou d'épines dans la bouche. Bourde totale que la sélection naturelle aurait dû éliminer, et qui nous ronge mieux qu'une lèpre, sans nous empêcher de pulluler comme une vermine.

★

Qui souffre ? Qui ne souffre pas ? Ça se joue aux dés. L'homme prend la souffrance comme elle vient. Bien obligé. Écrasé par l'évidence concrète, qui transforme la loterie en fatalité. On fait des grèves pour refuser des baisses de salaire. Pourquoi pas des grèves pour refuser le cancer ? Quand on en a tellement marre de n'avoir rien à dire, quand on est tellement sûr de finir broyé, cela devient drôle, à la fin, les yeux creusés, les souffles rauques, les côtes saillantes, toujours les mêmes malades, dociles, embrigadés, comme une rengaine de toute éternité. On admire le travail. On s'en détache comme on peut en y portant un regard d'esthète, touriste étranger à qui tout paraît pittoresque. « Et ils meurent dans d'atroces souffrances ? Nooooooon ! Comme c'est curieux ! Albert, viens vite, il faut absolument que tu voies ça ! »

★

Au début, l'innocence, le monde comme une évidence, l'obéissance au destin, la souffrance au gré des circonstances.

Ensuite, la révolte, le monde comme un piège, la dictature du hasard, la souffrance comme toile de fond intolérable.

Enfin, le désintérêt, le monde comme une erreur, l'absentéisme volontaire, la souffrance comme évidence incompressible.

Ce que je tente de montrer, c'est que l'écœurement peut atteindre un seuil au-delà duquel plus rien ne vous atteint.

★

Le suicide est le point où le malaise devient si grand qu'il *faut* le résoudre. C'est le basculement d'un rapport de force dans une lutte engagée depuis toujours.

Jusqu'ici, je pense très concrètement au suicide dans deux circonstances :

1. La crise d'épouvante qui, heureusement ou malheureusement, me paralyse. Si j'avais une arme sous la main à ce moment-

là, tirer serait l'issue la plus simple. Mais, le lendemain, je ne me préoccupe jamais d'acheter un revolver.

2. Quand l'occasion se présente. Au volant, au bord des précipices, des voies ferrées, des fleuves, des autoroutes, chaque fois que ce serait facile, juste une histoire d'un pas de côté. Il est si fatigant de s'évertuer à exister, le mieux serait encore de se jeter dans le vide dès maintenant, au milieu d'une phrase, sans réfléchir, sans reprendre son souffle. Néanmoins, je continue à filer droit, provisoirement, en serrant les dents pour ignorer le serpent venimeux qui siffle dans ma tête.

*

Qu'un individu donné vive longtemps ou non est un enjeu réel pendant le laps de temps où sa vie est possible, disons pendant les quatre-vingts années qui suivent sa naissance. Pendant ce temps peuvent se déployer ou bien sombrer dans le néant : la joie, les actes, la pensée, l'amour, la souffrance d'un être pensant unique. Un siècle plus tard, en revanche, la question est caduque, puisqu'on est sorti du champ temporel possible pour la conscience de cet individu. Son destin tombe dans le registre plat de l'indifférent, sa vie et sa mort sont maintenant confondues. Le temps change fondamentalement de statut au fur et à mesure qu'il se trouve « digéré » par l'existence humaine.

Les chrétiens massacrés dans les jeux du cirque éveillent ma compassion, mais pas vraiment plus que s'ils étaient morts dans leur lit, puisqu'ils seraient morts de toute façon aujourd'hui. Pour un mort tout neuf, au contraire, chaque minute est capitale, car elle est prise sur une vie encore possible. On est dans le champ de l'existence effective, avant la « date de péremption » qui va éteindre l'importance de toute chose.

Pour Fernande, jusqu'à il y a peu, c'était important, car elle aurait encore pu vivre. Elles étaient toutes exigibles à son mari, ces cinquante années détruites à cause d'un accouchement imprudent. On était toujours, en ce qui la concerne, dans cette époque du temps qui compte. Mais, maintenant, c'est fini. Un siècle s'est écoulé depuis sa naissance. Fernande est morte pour de bon, dans les faits et dans l'absolu. Elle a basculé dans les abîmes du temps indifférent.

Louis vient d'entrer dans l'ère du temps scandaleux. À l'heure qu'il est, il devrait être en train de faire un jogging et non se trouver réduit à l'état de cendres sur un carré de pelouse.

⋆

L'exploration du drame intérieur ne se prête ni aux méthodes, ni aux outils, ni aux systèmes. La démarche est erratique ou elle n'est pas, car l'enjeu n'est pas intellectuel mais viscéral. C'est pourquoi l'extrême de la philosophie est la poésie. L'expression rigoureuse et ordonnée de la pensée est un leurre réservé aux poulets d'université.

⋆

Souffrir, c'est tout ou rien. Dans la plupart des cas, il faut que ce soit rien. Et puis, dans un moment d'inattention, de relâchement, voire d'euphorie mal surveillée, un regard en détresse vous atteint par surprise et vous jette au fond du trou.

⋆

Finalement, je n'ai pas envoyé de carte postale à Eugénie. J'en avais acheté une, qui était dans le coffre de la voiture, et le coffre a été fracturé. Tant pis. Je ne suis pas du genre à insister.

Elle n'est pas encore morte, mais de plus en plus près de l'être. Comme vous et moi. Pour elle, ça se voit. Elle ne se lève plus, hoquette à chaque respiration. Il faut être là en permanence. Mes parents y vont tous les week-ends. Puisque son temps est compté, il faut lui en donner. Malgré l'épreuve que c'est. Après sa mort, elle ne souffrira plus, mais eux ?

Parfois, elle perd la boule. « Qui es-tu ? » « Est-ce qu'on va en France ? » Puis, elle redevient lucide. « Je vais mourir. » « Il n'y a plus d'espoir. »

Le pire, c'est la vérité : « J'ai peur. » Elle prend la main de ma mère : « J'ai peur, tu sais, j'ai peur. » Ma mère répond : « Mais non… il ne faut pas… euh… je… tu vois… que… » J'entends toutes sortes de bégaiements quand elle essaie de se souvenir de ce qu'elle a pu dire. « Notre heure est fixée, n'est-ce pas… on part sans le savoir… on se retrouvera là-haut… » Elle sent l'absurdité de ses mots.

Peut-être qu'à l'agonie on se réconforte de si peu.

Peut-être qu'on veut juste entendre une voix.

Le prêtre est venu. On a dit à Eugénie que ça lui ferait du bien. Personne n'a prononcé les mots « extrême-onction ». Chacun a compris. Chacun a supposé que tout le monde comprenait. Elle a paru contente de sa visite.

Plus tard, ils ont parlé au médecin. Trois à quatre semaines tout au plus. Il s'étonne que la douleur ne soit pas intolérable. Elle sait que, si elle le désire, il pourra abréger ses souffrances. Il peut lui faire une piqûre. En Hollande, il suffit de demander. Mais elle n'a rien demandé. Elle s'accroche. Qu'est-ce qu'elle espère ? Comment savoir ? Ce qu'elle traverse là, ce n'est pas une vie. Peut-être. Mais la mort, elle en a peur. Alors ?

⋆

Une morale peut-elle résister au sentiment du néant ? Jugement dernier et autres fariboles sont balayés d'un coup. Que peut-on ériger qui supporte le voisinage du néant ?

L'épicurisme ? Cela supposerait que le plaisir existe, et solidement. Épicure a dit lui-même qu'une vie heureuse ne se concevait qu'une fois vaincue la peur de la mort. Et comment s'y prend-il ? Tant que nous sommes là, elle n'y est pas ; dès qu'elle y est, nous n'y sommes plus. Pourquoi s'inquiéter dans ces conditions ? Une seule conclusion s'impose. Épicure ne sait pas ce qu'est le sentiment du néant. Or, tant que cet abîme demeure, le plaisir reste une simple prothèse. Il a pourtant l'avantage d'être la seule version indiscutable du bien. Toute autre définition pèche par arbitraire et s'avère inapplicable. Chacun aura sa conception de l'honneur, du courage, de la justice, de la tolérance ou du beau. La réalité du plaisir, elle, s'impose. Pour autant qu'on parvient à l'éprouver. Mais, aux abords du néant, pas plus de plaisir que de fleur au pôle Nord.

⋆

Pour Eugénie, c'est la fin du monde.

★

Les brefs moments d'extase sont-ils une forme de victoire sur notre condition parce qu'ils procurent ce qui nous semble un sentiment d'éternité ? Pendant un instant, nous perdons la conscience du temps, et cette simple escapade, nous l'appelons éternité. La contradiction est flagrante : le temps disparaît mais la récréation ne dure qu'un certain temps. Nous nous sommes évadés de la trame temporelle, nous avons touché Dieu, ou l'amour pur, ou le moi profond, mais le temps continue à couler et nous reprend à la sortie. La signification de l'échappée est celle que l'on veut bien lui donner, réalité suprême, parenthèse ou dérèglement de l'esprit. La continuation du temps, elle, est difficilement contestable.

Ce qui fait la valeur de l'extase ne vaut que dans les conditions de l'extase elle-même, c'est-à-dire très rarement. Au fond de l'épouvante, à savoir toutes les nuits, plus rien ne tient.

★

Pour Eugénie, on peut se demander à quoi rime de vivre encore dans son état. On devrait lui faire cette piqûre sans le lui dire. Et puis j'apprends qu'elle rit dans son demi-sommeil, et parfois articule des mots. Elle dit : « Oh, ces couleurs, comme c'est beau… » En somme, elle est bien plus heureuse que moi.

★

Une ristourne sur l'éternité, c'est ce que nous offrent toutes les occasions où nous oublions le temps sans pour autant accéder à l'extase. Ces occasions sont fort nombreuses : le travail, la télévision, le sport, l'administration, les enfants, les soucis d'argent, les mondanités, tout ce qui accapare notre attention. Nous passons beaucoup de temps à nous débarrasser du temps, sans aller jusqu'à toucher l'absolu qui pourrait nous le faire pardonner. Nous nous contentons de cette éternité au rabais, l'absence à soi-même, une forme d'inconscience finalement, plutôt que de chercher son contraire, l'extrémité transfigurante de la conscience délivrée du temps.

★

Ceux qui ont voué Cioran aux gémonies n'ont-ils pas tout simplement été vexés de s'entendre faire partie d'un monde « qui ne vaut même pas la peine qu'on y respire[4] » ? Comment rester droit dans ses croyances face à quelqu'un qui les balaie toutes ? Comment justifier les bricolages auxquels on s'adonne devant celui qui se désintéresse de toute création humaine ? Comment ne pas se couvrir de ridicule ?

Réaction offusquée : « Parlez pour vous, cloporte, c'est vous qui ne méritez pas les poumons que vous portez ! » Mais, à la réflexion, il est curieux de se sentir visé dans ses œuvres par quelqu'un qui parle non de l'existence, mais de la conscience d'exister. C'est qu'assurément l'abonné est absent et le message, tombé dans l'oreille du concierge.

⋆

Fatigué de l'histoire et de la culture, il n'a pris les armes dans aucun combat, n'a défendu aucune cause, fût-ce celle des opprimés. Tous sont trop semblables à tous, et tout se répète inlassablement. À quoi bon redistribuer les rôles pour recommencer encore ?

⋆

Une amie de ma mère a un mari plus âgé qu'elle qui souffre de pertes de mémoire.

Ce dimanche, ils vont sur la tombe de leur fils unique, mort il y a une dizaine d'années d'un cancer. Après le cimetière, ils vont boire un verre dans un café. Tout à coup, il lui demande :

— Mais qu'est-ce que nous venons d'aller faire ?

— Comment, tu ne te souviens pas ?

Il réfléchit un moment puis se frappe le front :

— Ah oui, oui, la tombe de Guy.

Et il se met à pleurer, parce que, dans la même seconde, il vient de se souvenir qu'il a un fils, et aussi qu'il l'a perdu.

⋆

La fréquentation des gentils ne m'intéresse pas. Celle des brutes, des perfides et des imbus me dégoûte. Seuls les êtres ravagés m'attirent.

⋆

Ce gredin de Diogène est venu me chatouiller les synapses avec une drôlerie inattendue. Miracle d'une rencontre possible au-dessus des siècles, rencontre à sens unique il est vrai. Diogène est né et mort sans aucune aide de ma part. Lui, par contre, peut infléchir ma vie, par la simple trace de sa voix parvenue jusqu'à moi, se frayant un chemin parmi les guerres, les famines, les empires et les rayons de la Fnac. Pour ce qui le concerne, il s'est bien amusé. Sa grande supériorité sur Cioran : il jouit de sa liberté, là où ce dernier ne sait qu'en faire. Mais où a-t-il escamoté l'effroi ?

*

On ne peut pas être profondément touché par Cioran si l'on n'a pas traversé la chute libre de l'effroi. Ses jérémiades font figure de crachats dans la soupe pour tous ceux qui vident leur assiette à grandes lampées, et tout de suite ils se braquent. Mais voudraient-ils bien considérer qu'il n'y a rien de folichon à être désespéré ? Qu'il aurait remercié à genoux le premier qui aurait pu le convaincre d'un idéal quelconque ? N'était-il pas le premier à souhaiter n'importe quelle délivrance ? Ne l'a-t-il pas assez répété ?

Sa détresse a pu passer pour du mépris, simplement parce qu'elle s'exprimait avec panache.

Pour moi, il est un petit frère terrifié parce qu'il doit manger sa soupe alors qu'il souffre d'insurmontables aigreurs d'estomac.

Diogène me semble plus digne de courroux, lui qui ne prétendait pas s'asseoir à table et qui gambadait en se moquant des notables. S'il y a un transgressif, c'est bien lui, car il s'en sort triomphant. Mais où donc a-t-il escamoté l'effroi ?

*

Un philosophe qui n'a pas peur de clôturer l'examen d'un problème par le mot « insoluble » est beaucoup plus qu'un philosophe. C'est un visionnaire.

*

Ce soir, j'ai mis dans le four une tarte aux poires, puis j'ai pensé qu'Eugénie était en train de mourir. Quelqu'un dont je connais les intonations de voix, dont j'ai le visage en tête, et une série de souvenirs partagés, qui est en train de courir ses derniers mètres. Il n'y a rien qui pourrait la tirer de là. Elle résiste encore et se bat pour chaque bouffée d'air. Mais quel cirque est-ce là ? Si c'est fini, c'est fini. Aujourd'hui, demain ou après-demain, qu'est-ce que ça change ? À quoi rime cet organisme qui continue à tituber sans destination ? On dirait une poule décapitée qui continue à courir, sans autre effet que de terrifier les vivants qui l'observent en attendant qu'elle s'épuise. C'est comme de déjeuner avec la mort. Être obligé de la regarder en face d'un air compatissant, alors qu'on voudrait se ruer dehors pour vomir tout son soûl.

★

Puisque la joie lui est refusée, Cioran décide de pousser jusqu'au bout la voie du désespoir. Qu'au moins quelque chose sorte de ce gâchis. Il ne faut pas chercher plus loin la raison d'écrire.

★

L'effroi, un égoïsme ? Bien sûr, et le cancer aussi, et la folie : le comble du nombrilisme ! Pourquoi ne pas admettre que l'on peut être victime de soi-même aussi sûrement que d'un bourreau ? Maladie psychopsychotique, plutôt que psychosomatique, l'effroi livre l'esprit aux tortures de l'esprit, tandis que le corps suit comme une caisse de résonance à la dérive.

★

À chaque alerte physique, à l'accident ou à la maladie, c'est la même panique intacte qui sort de ses gonds. Ça y est. C'est fini. Puis le symptôme passe. Fausse alerte. Ouf ! On respire. Ce n'est pas encore pour aujourd'hui.

Comme dans la cour de récréation, à l'école élémentaire. On a cru que la cloche sonnait pour battre le rappel. Mais non, c'est un farceur qui a tiré sur la corde, il reste encore cinq minutes de récréation, et les enfants reprennent leurs cavalcades. Mais voilà que ces cinq minutes ont un goût amer. On n'arrive plus à s'amuser comme avant.

★

Je suis pleine d'énergie. Sans doute l'énergie du désespoir.

★

J'ai commencé ce commerce avec lui en pensant qu'il était original. En creusant la question, je m'aperçois que cent autres l'ont dit avant lui. Nulle découverte, donc. Rien que de très banal. En un sens, ça me rassure que nous soyons tous d'accord.

★

Je connais au moins un homme enthousiaste au sens où l'entend Cioran. Une sorte de saint débarrassé de Dieu. Il voue au monde un amour limpide et confiant. Je m'incline. En même temps je pense que cet homme est une anomalie. Il s'est construit sans la brique qui annule toutes les autres.

★

« La connaissance se confond avec les ténèbres[5]. » Pour lui, toute nouvelle connaissance ajoute à notre confusion mentale et accroît notre difficulté à vivre.

En sanskrit, la connaissance se dit *guru*. *Gu* signifie ombre et *ru*, lumière, et l'on traduit par « connaissance » ce mot qui décrit le passage de l'ombre à la lumière.

Pour Cioran, c'est l'inverse, la connaissance traduirait plutôt le mot *rugu*, le passage de la lumière aux ténèbres, l'obscurcissement. « La tragédie de l'homme, c'est la connaissance. J'ai toujours remarqué que chaque fois que je prends conscience de quelque chose le sentiment que j'en ai s'en trouve affaibli[6]. »

Le mot *guru*, l'éclaircissement, devrait se traduire par « désintoxication », « décrassage », « oubli » ou, pourquoi pas, « évanouissement », puisqu'il s'agit de perdre connaissance.

★

Voir un TGV qui passe sur un pont à trois cents kilomètres-heure, rempli de ces petits êtres humains qui vont d'un endroit à un autre, ça m'empoigne le cœur. L'effroi et l'extase sont ici à parts égales. Ils vont tous mourir et ils sont tous merveilleux. Des ingénieurs ont construit ce train prodigieux. D'autres humains les attendent à la gare. Ce soir, certains vont faire l'amour.

*

Message de ma mère sur le répondeur téléphonique : « La pauvre Eugénie est morte aujourd'hui. L'enterrement a lieu jeudi. Nous comptons sur ta présence. »

CHAPITRE SIX

L'enterrement, comme il se doit

Ils sont rentrés de Hollande un peu hagards, les yeux cernés.

D'habitude économes sur les détails sordides, ils ont senti le besoin de parler longtemps, de raconter chaque heure, de mimer chaque râle. L'événement est trop lourd pour eux.

La pauvre Eugénie est morte ; ils ont failli étouffer dans le vide qui a suivi, quand des hommes sont venus avec une civière, ont recouvert le corps d'une bâche et l'ont emmenée comme un paquet.

La maison. Vide.

Eux. Seuls.

Tous ses objets devenus instantanément flottants, orphelins du regard qui les rassemblait, qui leur donnait une cohésion. Le lien dissous d'un seul coup.

Ils se demandent où ils sont. Chez qui ?

Des nuits qu'ils dormaient près d'elle, dans le vacarme de son râle.

Ce râle, ils le miment aujourd'hui devant moi, comme pour se raccrocher à quelque chose, comme pour prouver qu'Eugénie était bien là, sous leurs yeux, qu'ils n'ont pas rêvé.

★

Savoir qu'on va disparaître et faire comme si on allait vivre toujours.

Rester là tout de guingois, entre béance et tics de collégiens, en déséquilibre sur une fracture irréconciliable. La marche arrière est impraticable et la poursuite en avant est terrifiante. Pour certains, la stupeur va jusqu'au vertige, à la folie, au suicide.

Que tant d'autres résistent et surmontent leur lucidité… génie ou bêtise ?

★

Cioran nous prévient que les misanthropes cinglants sont plus pitoyables encore que les naïfs qu'ils fustigent. Refusant de ressembler au vulgaire, ils ne le lâchent pas des yeux pour être sûr de s'en distinguer. Ils opposent à chaque particule son antiparticule. Ceux que toute affaire humaine indiffère sont bien plus rares. Ils ont mis les illusions et les contre-illusions dans le même pot, celui des dépenses inutiles.

★

L'emploi du temps des ermites est un grand mystère. Je pourrais certes passer quelques journées à me plonger dans le sentiment d'exister, et ce temps serait probablement plus vif et plus insaisissable que lorsqu'il est gorgé de papiers, de palabres et de rendez-vous. Mais je ne sais pas combien de temps je pourrais supporter de consacrer mon temps au temps.

★

La détresse qui m'habite possède une dimension d'absolu. Je n'ai pas une certaine quantité de détresse en moi, j'ai LA détresse dans son intégralité ; rien ne peut lui être ajouté.

★

Tous ses amis en témoignent : lorsqu'on était déprimé, le meilleur thérapeute, c'était lui. Il avait l'art de vous faire rire et de vous réconcilier avec la vie. De plus, il aimait beaucoup donner des conseils et veiller sur la santé des autres. Sa paternité non investie trouvait l'occasion de s'exprimer.

★

Le surnaturel est une tentation permanente. Les pires ingénieurs, si vous leur parlez d'horoscope ou des lignes de la main, haussent les épaules, mais vous laissent regarder les leurs. La raison ne se dégage qu'à regrets, et surtout pour faire bonne figure, du tissu de superstitions qui nous enchante.

*

« Le lien est indissoluble entre l'insomnie et le désespoir[1] », dit-il. Tout comme entre le sommeil et la mort. Sommeil et insomnie sont le reflet du couple mort et désespoir. Car il n'y a pas d'autre horizon : soit on dort, soit on veille – soit on est mort, soit on désespère. Ne plus pouvoir mettre un pied dans le sommeil, comme Cioran à vingt ans, c'est pousser l'angoisse de la mort jusque dans ses dernières conséquences.

*

Un jour – je devais avoir dix ans – le téléphone a sonné très tôt. Réveillée en sursaut, j'ai guetté les pas de ma mère qui se serait inquiétée sûrement d'un appel aussi matinal. Mais rien ne bougeait. Peut-être n'avaient-ils pas entendu ? Peut-être croyaient-ils à une erreur ?

N'y tenant plus, je me lève et je descends rapidement l'escalier. C'est une voix de femme.

— Ici l'hôpital Sainte-Mathilde. Je téléphone pour vous annoncer une mauvaise nouvelle. La maman de votre père est décédée cette nuit.

Je raccroche lentement, je me retourne lentement, j'avance lentement.

Je m'approche de la chambre de mes parents avec un dégoût horrible de ma mission. Pourquoi moi ? Je frappe à la porte.

— C'était l'hôpital Sainte-Mathilde.

— C'est fini ?

— Oui, c'est fini…

J'ai vu mon père plonger dans les bras de ma mère. J'ai refermé la porte. Je suis retournée dans ma chambre à pas de fantôme et j'ai attendu sans rien faire, beaucoup moins traumatisée par la mort de ma grand-mère que par mon rôle dans cette histoire.

Je n'avais pas encore l'âge où la mort allait entrer en moi comme la foudre et faire son lit pour toujours. J'étais opaque au sens profond de l'événement. Par contre, je ne pouvais pas me défaire de l'idée que le destin m'avait désignée pour accomplir une besogne puante, et que je resterais pour mon père celle qui lui avait annoncé la mort de sa mère, autant dire celle qui l'avait tuée. J'avais porté ce crime hideux depuis le téléphone jusqu'à son lit, et ces quelques secondes m'accusaient à tout jamais.

Ce jour-là, je n'ai pas osé regarder mon père en face. Il a sans doute cru que c'était par respect pour sa douleur alors que c'était la honte de ma faute qui me paralysait.

★

Les sages, les philosophes, les personnes empreintes d'une sérénité indémontable constituent un mystère absolu pour l'épouvanté congénital.

Il ne peut s'empêcher de penser que cette paix intérieure traduit de la bêtise ou de l'aveuglement, en tout cas un état de conscience qui se trouve *en deçà* de la vérité et de ses gouffres.

Pour les béats en question, c'est évidemment l'angoissé qui se trouve en deçà de la sagesse et de ses illuminations.

★

Aucun philosophe ne vaut tripette à ses yeux. Ils se sont tous égarés dans les labyrinthes stériles de la pensée abstraite. Seul Althusser s'est racheté en étranglant sa femme.

★

Une amie m'a téléphoné. On a parlé pendant deux heures de la vanité de l'existence, comme on le fait depuis qu'on est gamines. La question parvient à rester entière.

★

Lorsqu'on lui demande une dédicace, il répond qu'il n'a écrit que des conneries.

★

La peine de mort a un côté comique. Les bourreaux prononcent une sanction dont ils ignorent tout en prétendant que c'est la pire. Pari douteux.

À moins qu'il n'y ait là une façon de sonder le gouffre en jetant de petits cailloux devant soi. On envoie des éclaireurs, et cela n'apprendra jamais rien sur l'au-delà, mais au moins on se croit maître de quelque chose.

★

Comment expliquer que, partageant un sort si cruel, les hommes n'aient pas cultivé, avant tout, les moyens de se réconforter les uns les autres : des rites de tendresse universelle, une générosité compulsive, une entraide inconditionnelle, par simple compassion pour notre sort commun de condamnés à mort ?

Tout au contraire, les humains cherchent par tous les moyens à s'empoisonner mutuellement l'existence. Comme si la certitude d'être détruits provoquait, dans nos cerveaux trop faibles, une folie destructrice.

★

Il parle de Jésus avec un certain respect. Illuminé, certes, mais pas entièrement con. Courageux, avec ça. Presque sympathique.

Le jeune barbu exerçait sur moi une fascination amoureuse lorsqu'il débarquait sur les écrans de télévision aux alentours du lundi de Pâques. Les films sur la vie du Christ me ravissaient plus encore que Tarzan ou Superman. C'est que Jésus sauvait l'humanité entière, et pour de vrai en plus, c'était le sommet en matière de héros. Longtemps après avoir laissé tomber Dieu, j'arrivais encore à m'amouracher de son fils qui s'était employé à souffrir alors qu'il aurait pu se la couler douce. Son regard, quand il disait : « Je suis le chemin ! » J'étais prête à suivre.

Mais Dieu, non, il n'avait pas l'attrait des acteurs aux yeux bleus. Comme il a eu besoin du secours de son fils pour s'installer dans les esprits ! Fable de la même veine que les contes pour enfants, mais que l'on n'est pas obligés d'abandonner en grandissant. Jésus, au moins, c'est du solide. On peut continuer à se leurrer.

★

« Amplifier encore le mystère et le non-sens de ce monde[2] », dit Cioran. C'est finalement bien plus jouissif que d'essayer d'y mettre de l'ordre.

★

Seul le non-sens autorise une réalité ouverte, mouvante, vivable en somme, pour autant que l'on peut vivre avec l'incompréhension. Or nous n'avons pas le choix. Imagine-t-on un monde qui serait entièrement explicable et expliqué, démontable et démonté, comme un jeu de Meccano ? Absurde. Nous vivons dans le non-sens comme la puce sur le chien. Poser des questions n'oblige en rien l'Univers à dispenser des réponses. Notre curiosité est à considérer comme un aspect factuel de notre anatomie – comme nos dix doigts ou nos lobes aux oreilles – et à supporter sans plus de souci. Ce besoin de comprendre est inscrit en nous comme une tare sans appel, une malformation incurable qu'il vaut mieux oublier. Si on réussit cette mise à distance, on goûte à l'euphorie du non-sens vécu dans le sens du poil. Plus de tension insoutenable, plus de vertige abyssal, plus de terreur incontrôlée, on flotte sans pesanteur dans les charmes du jeu gratuit. Il n'y a pas de réponses et alors ? Puisque tout cela n'a aucun sens, inventons celui qui nous plaît, saisissons cette liberté insensée, soyons poètes, peintres, musiciens, soyons les dieux improvisés d'un monde sans Dieu.

★

Mon père a toujours regretté de ne pas avoir été près de sa mère au moment ultime. Pour Eugénie, les choses se sont passées autrement. Il se souvient de tous les détails. Le râle permanent à partir de trois heures du matin. Puis des intervalles de silence qui s'intercalent entre certaines respirations. La cage thoracique qui ne bouge plus. Les secondes passent. Un hoquet enclenche un nouvel appel d'air. Les intervalles se multiplient. Bientôt, c'est entre chaque respiration. Un temps mort. Et eux deux qui regardent. Sont-ils à genoux ? Sont-ils serrés l'un contre l'autre ? De part et d'autre du lit, tenant ses mains ? Les secondes s'éternisent. Cette fois-ci, c'est trop long. Ça ne repart plus. Ça reste dans le temps mort. Dans la mort. Le front est déjà froid. Ils sont là, seuls avec un cadavre. Eugénie, quelle Eugénie ?

Ils ont déjà appelé le médecin il y a une heure. Heureusement qu'il y a ce repère pour leur donner quelque chose à attendre. Ils veulent croiser les doigts d'Eugénie sur sa poitrine, mais les mains glissent. Où apprend-on ces choses ?

Mon père parle avec des mots pressés et un regard encore alarmé, sur le ton des expériences capitales, comme un pilote après un atterrissage d'urgence.

Moi, pour la première fois, je vois en lui un gamin qui a eu très peur et qui s'étourdit de paroles pour oublier.

Ce qu'il faudra surtout oublier, c'est qu'il n'a que dix ans de moins qu'Eugénie qui vient de mourir de vieillesse.

★

Cioran, lorsqu'il se hasarde à prôner une manière de vivre, pousse toujours vers la démesure, l'orgie, l'ivresse, l'excès, lui qui n'a jamais fait, que je sache, le moindre écart de conduite. Discret à l'extrême, le petit homme vivait des paroxysmes tout intérieurs.

★

« Le travail est la négation du sens de l'éternité[3] », dit Cioran. Voilà pourquoi il est si prisé. Car le sens de l'éternité n'est pas chose commode à porter. Le travail est un sauf-conduit, une bouée, un dérivatif qui nous distrait de nous-mêmes. À chaque instant, notre esprit est réquisitionné par des opérations concrètes et par conséquent indisponible pour toute spéculation essentielle. Le travail, voilà l'opium du peuple. Mais je ne sais toujours pas s'il faut plaindre ou envier les besogneux.

★

Il suggère de se suicider en plein orgasme, pour s'épargner le retour à la platitude. Question : pourrait-on encore jouir dans cette perspective ? Le conseil reste théorique, simple rancune envers la vie qui, après nous avoir enivrés, nous assène ses douches froides. Qui a reçu un bonheur souffre de ne pas l'avoir toujours, et l'idée du suicide à ce moment-là est un impossible désir d'orgasme définitif.

★

Une souffrance passée est une dépense perdue, plus la peine d'y revenir. Point suivant.

Une joie passée peut se revisiter, promenade agréable dans un paysage lumineux, bain de soleil, sourire qui remonte à la surface. Ainsi, les joies restent pleines et identifiables, tandis que les douleurs passent en vrac à la trappe.

Pour l'avenir, ce sont plutôt les joies qui me paraissent négligeables, et les douleurs, suffocantes.

Le temps qui passe malaxe les brins de ma vie pour en retourner les valeurs, transformer de modestes plaisirs en souvenirs flamboyants, tandis que les souffrances qui m'ont broyée deviennent d'inintéressantes coquilles vides.

Quant au moment présent, il bourdonne dans une stupeur qui n'est pas loin de confondre les uns et les autres.

⋆

J'entends la voix d'Eugénie. Son accent châtié, son rire un peu gloussé. Pas moyen de faire le lien entre cette personne solide dans ma tête et le corps déserté que l'on a recouvert d'une bâche.

⋆

Terreur et enchantement bornent l'expérience du monde.

Tant d'organisation, tant de moyens, tant d'entêtement, tant de fureur, et tout cela *en pure perte*.

⋆

À l'heure de la mort, il serait facile de réduire la plupart des vies à rien. Détruire en deux coups de cuiller à pot tout ce qui n'était que masques, échafaudages, faux-semblants, chimères, illusions, et une fois tout cela mis à bas, regarder s'il reste une seule vérité au milieu des décombres, un noyau dur qui permettrait de dire : d'accord, pour cela ta vie en valait la peine.

⋆

Lecteur insatiable, Cioran fait preuve d'une curiosité très déplacée, pour un sceptique universel... Il a dans le corps et dans le caractère un appétit que son intellect désavoue sans pouvoir l'endiguer. À l'inverse, il a dans la conscience une béance que son corps et sa sensibilité ne peuvent combler.

*

La cérémonie se passe dans la chapelle. Il n'y a pas assez de monde pour remplir l'église. À l'âge qu'avait Eugénie, le cercle des relations est déjà mort, ou presque. Dans l'entrée de la chapelle, on bute sur le cercueil déposé sur un chariot à roulettes. À côté, un préposé tend le goupillon à chaque nouvel arrivant. Chacun doit faire le signe de croix. Je suis dans *Exploration du monde*.

La famille, cinq personnes, se rassemble au premier rang. Aux rangs suivants, quelques amis, voisins et infirmières qui aimaient bien Eugénie. L'endroit n'a rien de solennel. C'est une pièce moderne, claire et surchauffée ; une table en guise d'autel, un tout petit harmonium dans le coin. Mais surtout ce cercueil, énorme, déposé là comme un vaisseau spatial issu de la cinquième dimension. Je note avec surprise une sorte de brosse à cabinets déposée sur une table à côté de l'autel. Un instrument de culte ? Le prêtre fait son entrée en grande tenue et, en guise de préambule, il empoigne ladite brosse, la trempe dans l'eau, l'égoutte plusieurs fois puis bénit le cercueil d'un signe de croix bien aspergé en disant : « Eugénie, plus qu'en ta mort, nous croyons en ta vie, car notre Dieu est un Dieu de vie. » Je me doutais qu'il dirait des âneries, mais nier l'évidence à ce point… J'aurais dû sortir des rangs en m'écriant : « Vous vous foutez de notre gueule ? » Je n'ai pas bougé. Tout cela était si prévisible.

Des âneries, il en a proféré beaucoup, avec une conviction radieuse. Celle-ci : « Dieu ne nous retire pas la vie, il la renouvelle, et quand notre enveloppe terrestre arrive à son terme, il a déjà préparé notre place dans Sa maison où nous demeurerons à jamais. » Là, je me sens ethnologue.

Premier point de vue : une tante nous quittait, c'était triste mais enfin elle avait bien vécu, après quatre-vingts ans on a fait son temps, c'est dans l'ordre des choses.

Deuxième point de vue : il me suffisait de regarder *sérieusement* ce cercueil pendant trois secondes pour sentir le sol s'ouvrir sous mes pieds et mes os se glacer. Pas de doute, c'était moi qu'on enterrait. Le grand numéro de la mort se jouait là. Que ce soit pour un autre ou pour moi, peu importe, que je meure aujourd'hui ou plus tard ne changeait rien à l'affaire. La conscience de la mort est une souffrance pire que la mort que nous occultons à chaque seconde.

Autre point de vue : il s'agissait d'un lieu de culte où se tenait un groupe d'humains autour d'une caisse en bois contenant un cadavre. Coutume pratiquée de cette façon, à cet endroit, à cette époque, avec déguisement, récitations, chants et brosse aspergeante.

Dernier point de vue : il s'agissait de molécules chimiques réagissant aux conditions locales, formant des assemblages puis repartant à la dérive dans le grand chaudron cosmique.

Je voyageais en continu de la conscience sociale qui voit la mort d'une tante à la conscience cosmique qui voit des groupes d'atomes, en passant par la conscience individuelle qui voit sa propre mort, et la conscience culturelle qui voit des coutumes locales. La scène que j'avais sous les yeux changeait constamment d'allure.

Et puis nous avons compris que le corps allait nous être enlevé. Nous étions là, baignant dans un certain confort, occupés dans les prières et les chants, assis, debout, bercés par le ronron du rituel, tenus par le prêche énergique du prêtre qui était presque aussi rassurant qu'il voulait le montrer. Mais il nous a abandonnés. Peu de temps après la communion, alors qu'on pensait avoir encore tout le temps, au bout d'une phrase comme les autres, il a dit : « Et maintenant nous allons accompagner Eugénie dans sa dernière demeure. » Ce *et maintenant* a résonné comme une catastrophe. Un frisson a parcouru l'assistance prise au dépourvu. Tante Ghislaine a commencé à pleurer. On a vu les employés des pompes funèbres s'agiter. On a vu le prêtre empoigner la brosse à cabinets pour faire encore quatre signes de croix sur le cercueil. Dans ce moment ultime l'émotion est montée en flèche. C'était presque une panique palpable. Comme si on comprenait seulement maintenant qu'ils allaient l'emmener et la jeter dans un trou. Comme si elle mourait encore une fois devant tout le monde. Définitivement.

Les hommes en noir sont entrés et ont entraîné le cercueil sur ses roulettes. Ils l'ont enfourné dans le corbillard, ont replié les roulettes, puis tous en voiture, jusqu'au cimetière, déplier les roulettes, reposer le cercueil dessus et cheminer à travers les allées en poussant l'engin. Un Caddie dans un supermarché.

Tante Ghislaine s'essuyait les yeux. Les gens sans finesse ont parfois des crises d'intelligence aiguë. Elle dit : « Mais qu'est-ce qu'on vient faire sur la Terre, hein, le dirais-tu ? »

Personne n'avait la moindre suggestion.

Tout en suivant le cercueil, ma mère a esquissé : « Peut-être qu'elle nous voit, de là-haut ? »

Et Ghislaine, presque lucide : « Si seulement c'est vrai, tout ce qu'on nous fait croire… »

Ma mère : « Moi, je ne peux pas croire qu'il n'y a plus rien après. Pourquoi est-ce qu'on aurait parlé de Dieu ? Qui aurait bien pu nous fourrer cette idée dans la tête si ce n'était pas vrai ? »

Ghislaine, dans un soupir : « Ah non, quand c'est fini, c'est fini. »

Mon père et son cousin ont exactement la même allure : même silhouette, même crâne dégarni en couronne, même démarche. On dirait deux produits de la même marque, sortis d'usine et lancés sur le marché au même moment. Ils ont occupé leur vie et leur tête de façon très différente, mais en cet instant précis, cela n'a que très peu d'importance. Ils se retrouvent au même point, c'est tout.

Les hommes en noir s'arrêtent au milieu d'une petite allée, non loin de la tombe ouverte, une gueule avide que l'on voudrait ne pas voir. Le prêtre va dire les derniers mots, car on ne peut pas se contenter de conduire le cercueil jusque-là pour le balancer au fond sans autre forme de procès. Ça parle de poussière et de repos éternel. Ensuite, mon père prend la parole pour remercier la petite assistance et faire son adieu à Eugénie. Il doit se mordre les lèvres entre chaque phrase. C'est plus difficile que prévu. Le cercueil derrière, les gens en rond, tout sonne faux. Lui qui s'est toujours moqué de Dieu entame un *Je vous salue Marie* vibrant, comme si son athéisme de base se trouvait pulvérisé par le besoin de se raccrocher à quelque chose, fût-ce une formule du genre *Abracadabra*.

Finalement, on nous invite à faire un nouveau signe de croix sur Eugénie, un par un, avec le goupillon tendu par le préposé. Elle aura eu des signes de croix en pagaille, curieux gri-gri pour faire barrage au néant. Puis c'est fini. Nous pouvons partir. Mon père a préféré épargner à tous la scène du cercueil qui descend dans le trou, car lui-même la supporte très mal. Qui supporte ça, d'ailleurs ? Il suffit de s'en expliquer avec l'entreprise de pompes funèbres : on convient que la cérémonie s'arrête au goupillon, et puis tout le monde s'en va, et la sale besogne se fera à l'écart des regards sensibles. Nous laissons donc Eugénie sur ses roulettes. Quand nous nous serons éloignés, les préposés s'occuperont d'elle. Elle qui aimait tant les hommes, la voilà gâtée, six hommes pour elle toute seule qui vont la porter dans son lit. Mon cœur se serre comme au moment où le neveu de Louis lui a souhaité bon voyage. Je me retourne : ils ont posé le cercueil sur deux planches au-dessus du trou, et ils nous lancent des regards pour voir si nous sommes suffisamment loin.

Dans le petit groupe qui retourne provisoirement à la vie, il y a une très vieille dame, amie d'école d'Eugénie. Même âge, mêmes rides, même diction distinguée. Elle marche encore bien, mais sa santé n'est pas bonne, ne vous y fiez pas, rien ne va plus, elle passe son temps à l'hôpital, et personne ne trouve ce qu'elle a. Elle dit qu'elle s'en fiche, elle a fait son temps, il faut bien s'en aller, alors de ceci ou de cela, qu'est-ce que ça peut faire ? Elle venait de vivre ici sa répétition générale.

Après le cimetière, on se retrouve en famille dans l'immeuble qui n'est plus la maison d'Eugénie, mais une maison à vendre. Je feuillette l'album photo qui traîne sur une armoire. On la voit à tous les âges. Elle était le symbole même de la vieille dame, et je n'imaginais pas du tout son visage de jeune fille. Pourtant, quand je l'ai sous les yeux, c'est tellement simple, sans mystère. C'est le même visage, sauf les rides et les cheveux blancs, détails secondaires à côté du regard et du sourire, parfaitement identiques à eux-mêmes, signature irréfutable. Elle avait sûrement dû essayer de s'imaginer vieille en étant jeune, et cela lui avait posé autant de problèmes qu'à moi pour faire l'inverse.

Sur cette photo : assise à son bureau, femme résolument moderne, à peu près l'âge que j'ai maintenant, elle porte un petit ensemble en maille avec un col marin qui lui donne l'air d'une adolescente. Elle pose pour la photo en se mettant de trois quarts, avec son sourire très doux ; sur le bureau il n'y a qu'une écritoire et un énorme téléphone noir. On dirait une scène arrangée dans un studio de photographe, pourtant il est écrit au dos de la photo : *Eugénie à son bureau – 1938*.

La conversation roule sur les pierres tombales et le coût des enterrements. Le prix exorbitant des caveaux. Mon père connaît quelqu'un qui a fait inspecter le caveau de ses parents et constaté qu'il était rempli d'eau. Il avait été furieux : « Je ne veux pas qu'ils flottent. Pompez-moi tout ça dehors. Rejointoyez chaque fissure ! » Il paraît qu'il n'y a rien à faire, ça finit toujours comme ça. Tante Ghislaine semble traumatisée par le rappel de ses fins dernières. « Pourquoi est-ce qu'il faut mourir ? On est si bien chez soi, dans son canapé, et puis il faut aller là-bas dans la terre. Pouah ! Ma hantise, c'est qu'on m'enferme dans cette boîte et puis que je revienne à moi. Moi qui suis claustrophobe. J'en donnerais, des coups de pied ! »

*

Cultes et rituels : stades infantiles de la civilisation qui, comme toutes les ferveurs de l'enfance, laissent un goût amer de supercherie.

*

Combien de gens n'ont pas pu revoir leurs proches ? Combien n'ont pas eu le temps de prendre congé ? Happés par un accident, une guerre, une catastrophe, une crise brutale, ils disparaissent entre deux phrases. Ils avaient dit : « Je passe te prendre à trois heures », et c'est la mort qui est passée. Ils avaient dit : « Il faudrait qu'on en discute », « Embrasse Véronique pour moi », « Je ne comprends pas ce qui t'a pris », « Le plombier n'est toujours pas venu », et puis la communication a été coupée, sans prévenir, sans même le bip sonore qui laisse trente secondes pour se quitter. Ils sont partis comme la foudre tombe.

*

Pour Cioran, les philosophes arrêtent leurs manœuvres à un stade raisonnable de l'inquiétude et refusent de plonger dans le cœur de la douleur, là où règne l'inquiétude absolue.

*

Beaucoup de gens ont des opinions. Exploit du même acabit que les fables et les mythes. Façon de se mentir à soi-même dans ce monde d'errements et de chaos. Jusqu'où résiste le raisonnement de chacun ? À quel moment va-t-il cesser de colmater les brèches et de recoller les morceaux pour constater enfin qu'il ne sait rien de rien et qu'il vit comme une luciole entre deux gouffres ?

★

L'effroi, c'est entendu, est une production mentale. Pourquoi continuer à me torturer ? Hélas, toute tentative, rationnelle ou non, de prendre l'ascendant sur cette expérience abyssale se heurte à son extériorité intraitable. Comme si l'effroi était un lieu préexistant, et ce lieu est un vide, et ce vide est sous moi, et c'est toujours là que je vais. Il se peut que mon cerveau sécrète ce vide, mais avec tant de talent qu'il s'y engloutit lui-même, comme les corps enfermés qui s'asphyxient dans le gaz carbonique qu'ils rejettent.

★

À vingt-deux ans, Cioran se demande s'il pourra continuer à vivre avec de telles obsessions. Si ce qu'il éprouve est « la vie ou bien quelque rêve insensé[4] ». Soixante ans plus tard, il n'a pas progressé d'un pouce.

★

J'éprouve, à lire ses écrits de jeunesse, le même sentiment qu'en regardant la photo d'Eugénie à vingt-six ans. Épinglés dans leur perplexité, devant moi qui connais toute l'histoire.

Au début, l'avenir est tellement large qu'il paraît impossible de le remplir. En vieillissant nous le rétrécissons, nous l'ajustons comme on coupe un vêtement à sa taille, et, au bout du compte, il ne reste qu'un mince fil qui relie notre enfant et notre vieillard.

Ceux qui l'observent *a posteriori* voient dans l'enfant l'annonce du vieillard, alors que tout était possible à tout moment. N'est-ce pas choquant, tous ces inquisiteurs du futur, qui viendront explorer nos états d'âme avec leur science de ce que nous sommes devenus ? N'est-ce pas indécent, agressif, arrogant, ces regards entendus, ces mimiques attendries sur nos inquiétudes, pendant qu'ils savent où nous allons et ce qui nous attend ?

Fernande, qui pose près de la fontaine en 1910, je lui attache l'horreur du drame qui l'attend. C'est une victime déguisée en enfant, et je ne perçois rien de la liberté qui était la sienne.

Louis, le voyageur, est devenu le conducteur qui fonce vers sa mort en rentrant d'une fête.

Eugénie, tout sourire en 1938, contient l'image plombante de la vieille dame cherchant son souffle.

Cioran, lui, n'a jamais avancé dans l'existence, car il fut tout de suite au bout. Projeté tout de go dans le fond d'un cul-de-sac, il y est resté plus de soixante ans, arpentant minutieusement chaque aspérité du mur pour nous la décrire.

★

Une morale peu ambitieuse pourrait se baser sur des critères esthétiques. Elle reste tout aussi arbitraire qu'une autre. Si mon voisin trouve que la sodomie, c'est laid, alors que moi je trouve ça beau, tout est déjà fichu. La sodomie, c'est tout ce qu'on veut, ainsi que tout le reste d'ailleurs. Ni beau ni laid, ni bien ni mal, ni juste ni injuste, ni ni.

★

La morale est une minerve pour les esprits faibles. Les esprits forts savent bien qu'il faut s'en affranchir. De leur part, le vice est un devoir, car sinon qui ferait évoluer le paysage humain ?

★

« Nul ne perd ses illusions s'il n'a désiré la vie avec ardeur[5]. » Cioran avoue l'ampleur de ses attentes initiales. L'amertume est la monnaie de l'enthousiasme.

★

D'où vient un enthousiasme si mal placé ? Pourquoi tant d'aspirations irréalistes ? Un tel sentiment de manque ? Notons la scolarité prolongée, et avec elle l'irresponsabilité, la sexualité repoussée, les mythes et fantasmes en tous genres. Un système fondé sur l'attente et le mensonge rend incapable de jouir de ce qui est, et aliéné au rêve de ce qui n'est pas.

★

Le mépris d'autrui contient une part de révélation narcissique. Pour pouvoir dénigrer, il faut d'abord reconnaître.

★

Une photographe avait réussi une excellente séance avec lui. Elle montre fièrement ses clichés. Il semble enchanté puis s'en saisit et les déchire un par un. « Personne ne doit voir Cioran sourire[6]. »

★

Ma tête est, comme le monde, un œuf brouillé.

★

Comme dit mon voisin, si les mystiques et autres contemplatifs avaient trouvé le fin mot de l'existence, ça se saurait. Leur discrétion est un aveu d'échec : ce qui se révèle, si ça se révèle, n'a pas l'air bien costaud. Rien qui enraye la barbarie, rien qui éclaire nos lanternes, rien qui réponde aux questions de Ghislaine.

L'échappatoire consiste à dire que la révélation se vit et ne se communique pas. Chacun doit la découvrir pour lui-même. On n'obtient pas de réponses, mais un changement d'attitude qui neutralise les questions. Être *illuminé*, c'est laisser tomber les armes, exulter de ne rien comprendre, en un mot se réjouir d'être le dindon de la farce.

★

Quand Cioran parle de la connaissance à forte dose, je pense à ma visite au CERN, cette cathédrale que les physiciens ont élevée aux particules. Quels efforts les ingénieurs déployaient pour nous décrire le monde de l'infiniment petit, monde aussi baroque que celui d'Alice au pays des merveilles ! J'aimerais que l'un d'eux finisse par avouer qu'ils ont inventé tout cela de A à Z pour faire une blague. Mais non, ils insistent et prétendent que leur histoire est garantie véritable. Moi, je trouve qu'on ne peut pas être heureux avec une seule histoire.

★

J'étais assise à la table avec Tom ; il travaillait et je lisais. Il a jeté un coup d'œil distrait sur ma page et j'ai été gênée, comme s'il m'avait surprise au milieu d'une activité puérile ou honteuse. Or je ne lisais pas *Tintin* ou *Voici*, je lisais le très sinistre philosophe Emil Cioran. La page portait le titre « Extase musicale ». Voilà ce qui me faisait rougir, le mot *extase* sous les yeux de Tom. Qu'est-ce que ce mot pouvait vouloir dire pour quelqu'un qui n'est pas coutumier des vertiges ? Il allait douter de ma santé mentale. Extase, avec quoi tu viens ?

★

Cioran couve sa petite santé, tout en étant fasciné par son ami Benjamin Fondane, déporté dans les camps avec sa sœur, alors qu'il avait été exempté. Il ne voulait pas la laisser partir seule. « Le destin de cet homme splendide me hante. Il n'a *rien* fait pour échapper au désastre qui devait l'attirer mystérieusement[7]. »

★

On pourrait commettre un crime en raison d'une certaine mélodie ou d'une certaine lumière. J'aime les gestes qui éludent les explications vulgaires.

★

L'illusion peut connaître ce miracle extrême de fonctionner alors que nous sommes conscients de sa nature d'illusion. Nous le savons, et nous nous en fichons royalement. Cela se produit parfois dans l'amour, qui se hisse, superbe et vain, sur les abîmes du désespoir.

★

Mourir, dit-il, serait une joie seulement dans l'amour et dans la musique. Mourir pour emprisonner l'extase, l'empêcher de retomber dans le temps, de se salir en s'achevant.

★

Ma mère disait, pour me faire venir en Hollande : « Eugénie aurait tellement voulu qu'il y ait du monde à son enterrement. » Si nous allons aux enterrements des autres, c'est par pitié pour nous-mêmes, pour conjurer l'abandon auquel nous sommes promis.

★

Mourir pendant l'orgasme, comme un poisson pendant le saut hors de l'eau. Ce moment serait effectivement sa mort s'il ne retombait aussitôt. Un orgasme qui ne s'arrêterait pas, le corps y succomberait sûrement.

★

Cioran n'a jamais accepté de monter dans un avion. Et dans les trains, par une hantise des courants d'air, il changeait de place toutes les trois minutes.

★

En cet instant précis de ma vie, je me demande s'il est indispensable d'aller vers le suivant.

★

Le débit de la vie en moi est variable.

Le dépit, lui, est toujours intégral.

★

Invité à Zurich dans une université, il est présenté à l'égal des plus grands philosophes de l'histoire. Lorsqu'on lui tend le micro, il déclare : « Je ne suis qu'un déconneur[8] ! » Désarroi de l'interlocuteur qui doit trouver la juste traduction en allemand.

★

À la devanture de la librairie : « Lisa, seize ans, enterrée vivante. Avant de la violer, les cinq crapules avaient creusé sa tombe. »

Encore un beau dimanche.

★

Pendant la nuit, le gamin des voisins s'est mis à hurler. Il était manifestement au cœur d'un cauchemar, le danger plaqué sur lui. Tout de suite, les pas précipités de la mère dans l'escalier. Il s'est tu brusquement. Il était réveillé.

★

Comme je voudrais me réveiller.

★

Ne pas supporter de voir le cercueil descendre dans le trou. Organiser la cérémonie de façon à ne pas le voir. Pour cette raison même, s'en souvenir à jamais.

★

Il lit énormément, mais jamais de livres doctes et bien construits. Ce qui le passionne, ce sont les biographies, les mémoires, les journaux, les correspondances, tous ces écrits où l'on sent palpiter les drames personnels, un peu le *Paris Match* philosophique. D'ailleurs, il s'intéresse beaucoup aux potins et ragots de la vie parisienne et se voit lui-même comme un concierge. Assoiffé de vécu. Allergique aux idées.

★

En vacances, j'ai photographié un chauffeur au volant de son camion, inconnu qui souriait. Une amie m'a demandé : « Quel intérêt ? » J'ai été aussi surprise de sa question qu'elle l'était de ma photo.

★

Nos existences sont à la fois insignifiantes et déchirées de douleurs. Un infini trouve à se loger dans une petite boîte en os. Et cet exploit, c'est sur notre pomme que ça tombe.

★

Avant le repas qui a suivi l'enterrement, mon père a fait le signe de croix et s'est recueilli en silence, comme on faisait dans le temps. Je suppose qu'on était censés remercier Dieu pour la nourriture. C'est pitoyable, cette manie de remercier un absent pour chaque foutue chose de chaque foutue journée qui nous mène à l'abattoir.

CHAPITRE SEPT

La métaphysique au café

J'ai visité un magasin de fringues, trituré des sous-vêtements affriolants, sans pouvoir me décider. Puis je suis entrée dans un café. Des tartes aux framboises tournent en rond dans une vitrine éclairée au néon.

⋆

Il faudrait se défaire de ses opinions, idées et valeurs aussi facilement qu'on se défait d'une robe. Les laisser tomber au sol et continuer son chemin. Se débarrasser aussi des souvenirs, des émotions, des sentiments… Avancer dans la vie comme une page blanche.

⋆

Si les ascètes recourent aux mortifications pour renoncer à la vie et à ses tentations, Cioran les préconise pour échapper à l'angoisse de la mort, car une douleur précise fera écran contre une souffrance permanente.

Dans les deux cas, il n'y a que la douleur physique qui réussisse à nous éloigner de nos penchants naturels, en nous occupant plus efficacement que n'importe quoi d'autre.

⋆

Quand le serveur ouvre la porte de la vitrine, les tartes s'arrêtent de tourner, reprennent leur mouvement quand il la referme, avec un hoquet au redémarrage.

⋆

Les souffrances liées aux conditions d'existence sont prises à tort pour l'ensemble du catalogue des souffrances. Être malade, pauvre, persécuté, inquiet, c'est passer par toutes les nuances et gradations de la douleur induite, mais cela occulte une autre forme de souffrance plus rampante, celle qui découle du simple fait de penser. Celle-là n'épargne ni les princes, ni les sages, ni les chanceux. Au contraire, plus libres de soucis que les autres, ils sont particulièrement bien placés pour expérimenter la souffrance pure, dégagée de ses causes.

★

À côté de moi, une fille raconte à sa copine les déboires qu'elle endure avec sa mère. Elle ne comprend pas du tout pourquoi elle est chiante à ce point. Tout ce qu'elle a envie de lui dire, c'est « ta gueule », et de l'envoyer péter.

★

Nous changeons d'humeur au fur et à mesure des événements qui surviennent, tantôt joyeux, tantôt tristes, contrariés, exaltés, jaloux… réagissant servilement aux injonctions venues de l'extérieur, comme une terre molle qui prend la forme qu'on lui imprime. Il vaudrait mieux s'abstraire de la situation où nous sommes tombés par hasard et la juger de haut, elle et la petite place qu'elle occupe dans la succession des tableaux composant notre vie, et de même notre petite vie dans la succession des tableaux composant l'histoire de l'humanité, et de même la petite histoire de l'humanité…

★

L'autre fille raconte à la première : « Hier soir, j'ai vu un film qui était tellement comme la vie réelle que j'ai eu la nausée. Je suis sortie. »

★

À force de voir combien la prospérité rend médiocre, ce qui est particulièrement sensible dans les cafés cossus à l'heure de table, on comprend Cioran qui prétend que seule la souffrance élève son homme. Cependant la barbarie qui recouvre la moitié de la planète n'est pas pour me séduire. D'un côté l'horreur du bonheur, de l'autre l'horreur du malheur. Le bonheur est plus commode, et le malheur, plus digne. De toute façon, on ne choisit pas. Et puis, la belle affaire que toutes ces péripéties de surface. L'horreur de fond est uniformément répartie.

★

Une vieille femme seule s'adresse à une jeune femme seule en train de manger une part de tarte aux framboises :

— Vous ne trouvez pas que ça sent l'essence ?

Pas de réponse.

Tout est dit.

★

On croit bien connaître les gens que l'on fréquente tous les jours, mais que sait-on de la façon dont ils réagiraient dans un drame ? S'ils étaient dans un cinéma en feu, soumis à la torture, braqués par un tueur, dans un bolide sans freins, bref, dans une catastrophe où la survie devient soudain une question immédiate ? Le mystère plane sur les situations que l'on n'a jamais testées et où la politesse, très certainement, s'évapore en un clin d'œil pour céder le pas à des circuits plus primitifs. Seuls les astronautes, les pilotes et autres scaphandriers sont drillés pour garder le contrôle, et encore, ils apprennent un petit nombre de scénarios très spécifiques.

Pour ceux en qui l'effroi a élu domicile, ces situations limites surgissent à tout propos, elles constituent même la trame de l'existence, puisque à tout instant la mort les regarde dans les yeux. Ils ne voient qu'elle et se trouvent en permanence dans cet état de vertige qui vous saisit juste avant la panique. Le moindre événement devient une expérience extrême, pourvoyeuse d'ahurissement et d'hébétude.

★

La vieille femme seule reçoit son plat. Le serveur vient le lui reprendre cinq secondes plus tard. Il s'est trompé de table. L'entrecôte grillée était destinée à quelqu'un d'autre. Elle a eu le temps d'inspecter l'assiette et l'apostrophe : « Dites, Monsieur, puisque mon steak n'est pas encore prêt, je voudrais qu'il soit poêlé plutôt que grillé. »

★

Les souvenirs et sentiments procurent l'impression de continuité du moi qui est nécessaire pour savoir que l'on vit d'un mouvement qui se déroule et qui se tient. Comment renoncer à cette permanence ? Vivre totalement dans le présent, sans conscience du passé ni de la mort, cela équivaudrait à être mort. D'ailleurs, comment imaginer un tel exploit : réduire son champ de conscience jusqu'à le concentrer tout entier sur le présent, se projeter intégralement dans chaque acte de la vie, sans connaître sa relation avec les autres, seuls les thons et les moustiques savent faire ça. Allons, n'en parlons plus.

★

Le serveur apporte son steak à la vieille, grillé, car il était déjà prêt.

★

J'aurai bientôt trente ans, et la médecine n'a toujours pas trouvé le gène de l'immortalité. Cela commence à sentir le roussi.

★

Des nihilistes, il y en a toujours eu. Le mouvement s'amplifie. L'engouement que provoque Cioran pourrait témoigner du mûrissement d'un phénomène jusque-là expérimental. L'abstention et la désertion font figure d'évidence au terme d'une histoire qui a trahi toutes ses promesses.

Mais, si étendu que soit le phénomène, il ne fera jamais école. On ne milite pas pour le rien. Et, tandis que les absences de ceux qui ne jouent plus le jeu se multiplieront, il restera toujours assez d'inconscients pour composer des gouvernements, des états-majors, des clergés et des conseils d'administration. Le nihilisme est le seul bouleversement majeur qui ne se fera même pas remarquer.

★

La fille assise à la table voisine est restée silencieuse pendant une heure quarante minutes. Enfin, un homme est arrivé, et depuis lors les mots se bousculent. Le rythme des cigarettes, lui, n'a pas changé.

★

J'aime Cioran, parce qu'il ne me demande pas d'entrer dans un système. Il n'échafaude rien. Il est toujours de plain-pied. « On n'arrive pas à croire que ce qu'on vit est une vie[1]. » Comment exprimer mieux le malaise absolu de l'existence ?

★

Bien sûr, tout cela n'est pas très sain pour la jeunesse. Mais je ne trouve pas plus sain de l'envoyer au casse-pipe ou à l'église, ou à l'usine, ou au bureau, ou même à l'université. Surtout à l'université, cette grande pourvoyeuse de fumée.

★

L'humanité est une couverture mitée qui cultive ses trous.

★

Quand je me confie en toute franchise, c'est toujours à des inconnus. La deuxième fois, il faut déjà mentir. Plus on connaît quelqu'un, plus la relation est fausse. Il faudrait caboter d'inconnu en inconnu, ces gens extraordinaires qui, à votre sujet, ne croient rien, n'attendent rien, ne pensent rien, n'espèrent rien. Grâce à eux, vous pouvez naître et sortir du néant autant de fois que vous le voulez. Ce n'est pas encore ne pas mourir, mais c'est déjà ça.

★

Un jeune homme, avant de sortir, tient la porte pour laisser passer une bourgeoise en vison. Elle le remercie vaguement. Je le vois de dos. Son jeans est tellement déchiré sous les fesses que l'on aperçoit très bien son caleçon.

★

Vivre chaque jour comme si c'était le dernier, c'est-à-dire ? Une vie qui ne serait que paroxysme ? Avec quelle intensité suprême imagine-t-on pouvoir aller chez l'épicier, chez le dentiste, faire la lessive ou nettoyer les vitres ? Pourtant, il suffit d'en être privé un moment (en voyage, à l'hôpital, en prison...) pour prendre conscience de la valeur exceptionnelle du quotidien.

L'habituation est la lèpre qui nous rend aveugles et sourds. Aller chez l'épicier est pur miracle si l'on s'extrait du ronron. Miracle ne veut pas dire bonheur. Miracle veut dire incroyable. Tout est miraculeux.

★

Voici un homme seul avec un chien. Rien qu'à son maintien on comprend que c'est un homme servile. Le corps parle fort.

★

Vivre de grandes choses provoque un sentiment d'exaltation et porte à croire que la vie vaut la peine d'être vécue. Mais faut-il se mettre à traquer les événements majeurs ? Si on ouvre les yeux, le moindre événement est démesuré. Et la journée la plus simple devient un parcours de montagnes russes.

★

Quand il décrit les effets de la musique, on croirait qu'il décrit les effets de la drogue.

★

Arrivée d'une jeune femme aux jambes de girafe. Des regards jusque-là indépendants convergent d'un beau mouvement synchrone.

★

Quand il a compris qu'Eugénie était en train de mourir, par sa respiration de plus en plus espacée, mon père a-t-il pensé qu'il pourrait la secouer pour qu'elle se réveille ? Parfois, les mécaniques fatiguées, les vieux moteurs, quand on leur donne un bon coup de pied, repartent encore pour un temps. Les poumons d'Eugénie flanchaient au milieu de son sommeil, et elle ne pouvait pas les rappeler à l'ordre. Peut-être que si mon père l'avait secouée... Peut-être une fois, peut-être deux fois... Mais qu'est-ce qu'on gagne à gagner quelques heures ? J'essaie d'imaginer ses pensées pendant qu'il était en train d'observer la respiration et de sentir la mort en plein travail, là, juste à un mètre de lui, se montrant sans pudeur, prenant son temps pour finir son affaire. Eugénie dormait sans savoir qu'elle mourait, le laissant seul avec la mort, affolé, sachant que d'un geste il la chasserait peut-être, qu'elle irait se percher un peu plus loin, puis qu'elle reviendrait comme un insecte obstiné, et qu'il valait mieux abréger ce duel couru d'avance en la laissant planter son dard.

⋆

Dans le coin où un homme seul a lu son journal pendant une heure, trois commères viennent de s'installer. Cet endroit est brusquement devenu la source d'un brouhaha éreintant. Si elles parlent toutes les trois en même temps, qui écoute ?

⋆

Toutes ces ruminations sur la mort me rendent vulnérable. Ce matin, je me suis mise à pleurer en écoutant Michel Jonasz. Il parlait au public avant d'entamer un morceau : « Et s'il ne nous restait que trois-quatre minutes à vivre ? Il s'agirait d'être heureux. Sans rien faire, on n'aurait pas le temps de faire quelque chose. Comme ça, être heureux. En fermant les yeux, peut-être. Il s'agirait d'être heureux comme on ne l'aurait encore jamais été. On peut tenter l'expérience. Mesdames et messieurs, la Terre va exploser. Une comète se dirige droit vers nous. Il nous reste trois-quatre minutes. Juste le temps d'une chanson. Avant que nos âmes s'envolent comme des bulles de savon, vous pouvez déjà commencer à vous dire adieu entre vous. »

Et mes larmes tombaient dans l'eau de vaisselle, pour tous ces gens qui n'ont plus que trois-quatre minutes à vivre, ou quatre-cinq mois, ou quarante ans…

⋆

Il me fait penser au Caligula de Camus, un Caligula qui n'aurait pas reçu le pouvoir et qui vivrait cloîtré dans sa mansarde. Il ne peut rien mettre en œuvre, il peut seulement suggérer : « Que notre folie, intense et profonde jusqu'au sublime, soulève une terreur cosmique et une angoisse illimitée. [...] Que notre vie sème la mort sur son passage[2]. »

★

Briller de noirceur ou briller de lumière. Tout vaut mieux que vivre en dormant.

★

Il sait qu'il est violent. Il a cette rage du refus. Ce n'est pas pour construire autre chose à la place. La conviction manque. Seule la détestation est inépuisable.

★

Il refuse aussi d'être vu comme négatif ou négateur. Il donne des gifles. Est-ce une négation ? Pour lui, rien de plus affirmatif qu'une gifle.

★

Une serveuse crie à son collègue :

— Michel, c'est toi qui as mangé le gros morceau de choucroute qui restait ?

— Euh, le lard, là ? Oui, c'est moi.

— À l'aise, hein !

★

Puisque la terreur est insupportable, puisqu'elle compromet chaque minute de notre vie, il n'y a qu'une issue praticable : passer outre. Vivre comme si on l'avait dépassée. Vivre tendu. À la proue. En avant de cette épouvante qui nous talonne.

★

Plus on en sait, moins on est en droit d'espérer. Le scientifique est un inconscient qui, à l'instar d'Œdipe, s'acharne à découvrir son malheur.

★

Le besoin d'aimer sonne, pour lui, comme un caprice. Il préfère s'en débarrasser « en courant au hasard des rues[3] » jusqu'à ce que fatigue s'ensuive. Il a juré d'exterminer la mièvrerie, cette mauvaise herbe.

⋆

Ceux qui s'asseyent dans un café ne savent pas qui occupait la table où ils s'installent. Ils prennent la place, s'y mettent à l'aise et comme chez eux. *Idem* pour les fauteuils de cinéma. *Idem* pour les chambres d'hôtel. *Idem* pour les appartements où d'autres ont vécu. *Idem* pour les cimetières où d'autres ont pourri.

⋆

Notre attraction pour la connaissance, ce grand désenchantement du monde, est contrebalancée par le vertige de l'amour. Nous recherchons des réponses comme si l'apaisement était possible, mais nous n'exultons jamais que dans les bras d'un amant. La connaissance se prête à l'investigation volontaire ; l'amour échappe à toute décision de notre part. Nous creusons notre tombe comme nous voulons, tandis que le ciel nous tombe dessus par surprise.

⋆

L'amour, grâce frivole et inexplicable, vient nous extraire du désert plat de la connaissance.

⋆

Une serveuse demande au micro une salade pour les poulardes.

⋆

Cioran pense que, dans l'amour, nous refusons de voir l'autre dans sa réalité, nous évitons de le connaître, afin qu'il puisse continuer à faire vibrer en nous cette capacité d'amour qui nous enivre. « En amour, nous goûtons à nous-mêmes pour nous savourer[4] ! » L'autre n'est qu'un prétexte, une occasion d'aimer, choisi d'après quelques critères qui répondent à nos points sensibles. Et le jour où le potentiel s'épuise, nous commençons à percevoir celui qui est en face de nous, un être banal que plus aucun fantasme ne protège. Le voilà nu.

C'est pourquoi la présence de l'être aimé est toujours un risque et une violence. C'est une attaque faite à notre sentiment intérieur. Quand nous aimons, nous devons nous défendre des agressions que l'autre nous inflige par sa réalité, son corps, ses expressions, ses idées, ses goûts. Nous devons lutter pour ne rien voir de tout ce qui s'apprête à réduire notre amour en cendres.

★

Les commères commencent tout doucement à enrouler leurs écharpes. Dans un bon quart d'heure, l'endroit sera calme.

★

L'amour qu'on nous porte dépend très peu de nous. Il dépend de l'envie que l'autre a d'aimer. C'est une création dont nous sommes le prétexte. Découvrir cela, c'est s'affranchir du souci de soi et d'un grand nombre de vexations. On ne pourra jamais mieux consolider l'amour qu'en s'abstenant d'y participer, et chaque moment où l'on n'a pas tout gâché est déjà un miracle.

★

Il était sensible aux sourires inconnus. Dans le monde le plus désespérant, il reste de petits moments charmants.

★

Celui qui a vécu l'expérience de l'effroi ne peut plus se révolter contre la mort. Il n'en a plus la force. L'intensité du néant, de l'absurde et de la douleur s'est imprimée en lui avec tant de violence que seule la prostration et la terreur lui sont laissées. Il ne proteste pas plus que s'il était devant le peloton d'exécution, avec les fusils en joue, attendant le mot « feu ».

★

Un homme, dont j'aperçois la tête par-dessus la banquette, éternue régulièrement, à peu près toutes les trente secondes. Au bout d'une vingtaine de fois, cela produit un malaise tout à fait bizarre, comme un bug dans un ordinateur qui se répète à tout bout de champ, sans l'empêcher de fonctionner mais en soulignant sa nature de machine.

★

L'horreur de la mièvrerie a-t-elle une source ? Dans un entretien, Cioran raconte qu'il était amoureux depuis un an d'une camarade de lycée, sans oser se déclarer, quand il l'a vue au parc en compagnie d'un autre garçon, méprisé de tous et qu'on surnommait *le pou*. « Après plus de cinquante ans, je me rappelle parfaitement ce que je ressentis alors[5]. » Il fait une croix sur le romantisme et devient assidu des bordels.

★

Si la mort avait une âme, elle aurait l'intense satisfaction de constater que certains humains, bien pénétrés de son idée, arrivent à se torturer toute leur vie à son sujet, et à souffrir mille morts avant même qu'elle prenne la peine de s'occuper d'eux.

★

Là où je sens le mieux la marée inexorable du temps à travers moi, c'est chaque fois que je dois me couper les ongles. C'est odieux. Ça n'arrête pas.

★

Il présente parfois des accès de lyrisme au sujet du sacrifice de soi qui dissimulent mal sa tendance au suicide pur et simple. Comme si trouver une bonne raison de mourir pouvait soulager celui qui n'a pas trouvé de raison de vivre.

★

Deux hommes en costume déjeunent. En plein repas, ils portent tous deux la main vers la poche intérieure de leur veston, en extraient leur portefeuille, dont ils retirent une carte de visite qu'ils posent à côté de l'assiette de l'autre. La chorégraphie était parfaite.

★

Il répond aux offusqués qui accusent les gens de son espèce de tout détruire. « En détruisant tout, c'est comme si l'on créait tout. [...] Nous jetons tout pour tout conquérir[6]. » Et les besogneux de se trouver renvoyés à leur copie où ils n'ont, contrairement à ce qu'ils croyaient, encore rien écrit.

★

Non loin de moi, deux Japonais s'engueulent en japonais. Rien ne les oblige à mesurer leurs paroles.

★

Que perd-on en perdant sa virginité ? Combien de virginités peut-on perdre ? N'y a-t-il pas autant de premières fois qu'il y a de jours dans sa vie, et d'heures, et de minutes ? Chaque visage inconnu est une première fois, et chaque arbre, et chaque lumière, et chaque visage connu aussi, qui n'est jamais le même. Les virginités sont inépuisables.

Il y en a certaines qui, en disparaissant, ne tuent pas la candeur mais la créent. Lorsque nous ne nous attendions pas à vivre une expérience, et n'avions formé aucun préjugé, aucun mythe à son sujet, puis que nous sommes déflorés par surprise et qu'un état neuf nous arrive sans crier gare. Nous sommes pris comme un enfant qui voit la mer, dont il n'avait aucune idée. Après coup seulement, il s'aperçoit qu'il a vécu sans l'idée de la mer. Ces virginités-là sont délicieuses à perdre : celles que l'on ne soupçonnait pas et qui s'éclairent au moment de disparaître.

★

En s'installant à Paris, il découvre et perd la virginité du style. En roumain, il écrivait comme cela venait, sans jamais se relire. Écrire en français l'oblige à faire attention à chaque mot. Il s'aperçoit que l'on peut s'exprimer de multiples façons.

★

Arrivent deux vieux bornés, grinçants de médiocrité. Chacun est à plaindre d'avoir affaire à aussi pénible que lui.

★

« Pourquoi ne pas chercher à rendre notre malheur créateur, dynamique et productif[7] ? » Je n'ai pas compris cette phrase jusqu'à ce qu'il meure. Depuis lors, je ne parviens plus à dormir de ce sommeil crispé qui remplit les bureaux, les gares et les grands magasins. J'ai les yeux écarquillés et le ventre habité de dragons.

★

Les vieux m'inspirent, très généralement, la consternation. Tout ce chemin, tous ces possibles à leur disposition, tous ces miracles de chaque minute… tout ça pour ça !

★

Qu'entend-il par destin ? Quel contenu met-il dans ce terme qui semble distinguer les vies qui comptent de celles qui ne comptent pas ? Compter pour qui d'abord ? La tentation de la hiérarchie procède sans doute du besoin de transcender sa souffrance, de lui assigner un rôle, de la faire parler plutôt que bégayer.

★

Surprise de constater qu'il bredouille légèrement. À chaque reprise de phrase, à chaque nouvelle attaque, une hésitation, et plusieurs sons qui se bousculent, comme s'il était prêt à dire plusieurs choses en même temps et que seul un pugilat interne permettait à l'une de sortir avant les autres.

★

Nouvelle voisine. Elle a dans le regard cette assurance des femmes qui savent comment on repasse une chemise et qui s'estiment blindées pour la vie.

★

Avoir un destin.

Je pense à cette anecdote racontée par Carlos Castaneda, jeune ethnologue américain, lorsqu'il était l'apprenti d'un sorcier yaqui au Mexique. Il parle d'un vieillard de ses connaissances qui se plaignait de la brièveté de la vie. « Cet homme m'avait dit : "Je me souviens des pyjamas que je portais lorsque j'avais dix ans. J'ai l'impression qu'il ne s'est écoulé qu'un seul jour. Où est allé le temps ?" Le sorcier répond que pour beaucoup d'hommes, la vie entière était comme "un après-midi, pas tout à fait malheureux, mais chaud, lourd et désagréable. Ils ont sué et se sont beaucoup tracassés. Ils ne savaient où aller ni que faire. Cet après-midi ne leur a laissé que le souvenir de petites contrariétés et beaucoup d'ennui, puis il s'est achevé brusquement : c'était déjà la nuit[8]". »

Comment faire pour avoir un destin en un après-midi ?

★

À la place des deux hommes en costume qui ont bu un café serré sont venues deux dames en chemisiers fleuris. Elles commandent des gâteaux et du thé. Le quotidien manque de surprises.

★

Projet : cesser de cohabiter vaille que vaille avec le monde, mais le survoler de haut tout en l'habitant pour de bon.

★

Cioran dit que la maladie est féconde parce qu'elle nous oblige à résister, à nous élever, à quitter le plancher de l'existence qu'elle occupe entièrement à elle toute seule. Le tout est de parvenir à garder la tête plus haut qu'elle.

★

Dans la santé, dans la médiocrité, la matière dort.

Dans la maladie, dans l'effroi, la matière crie et nous oblige à considérer son mystère incommensurable.

★

La vieille bornée se penche vers l'oreille du vieux borné et y déverse des choses détestables avec des mimiques détestables.

★

Qui se souviendra encore de cette journée dans ce café d'ici dix ans ? De cette journée précisément où rien de spécial n'arrive ? Il suffirait que je me lève et fasse un geste marquant, *hara-kiri* par exemple, et ce moment resterait gravé dans toutes les têtes. Mais il va s'évanouir comme tant d'autres moments insignifiants. On voudrait taper du pied en s'écriant : « Cet instant est capital ! Cette seconde ! Et celle-ci ! Et encore celle-ci ! »

★

L'existence nous assure un réservoir de questions insolubles. Soit. Mais est-ce fondamental ou bien seulement lié à nos limites cérébrales ? Autre question insoluble. Est-ce par hasard que nous n'y comprenons rien, est-ce inévitable, est-ce une question dénuée de toute pertinence ? Insoluble, insoluble, insoluble…

★

Le nihilisme est la réaction rageuse de celui qui aurait voulu se réjouir avec les autres et qui n'a pas trouvé matière ; le pis-aller des refoulés dans l'amertume qui ne peuvent pas renoncer à l'idée de devenir grands.

★

Il règle son compte à la science en un seul smash : « Nous n'avons pas de temps à perdre en preuves, en démonstrations et en certitudes[9]. » Certes. Et en avons-nous à perdre en poésie ? En amour ? Football ? Philatélie ? Voyages ? Que faire, finalement, de ce temps que nous voudrions tant ne pas perdre, mais dont nous ne savons à quoi l'occuper ? Passer son temps à sentir couler le temps, serait-ce moins le perdre ? Par quelque bout qu'on le prenne, il s'échappe toujours aussi efficacement. Nos choix n'ont pas de prise, pas de poids ; le temps est comme derrière une vitre.

Perdre son temps, cela supposerait que nous commencions par le posséder. Or nous ne possédons rien, ni soixante ans, ni vingt, ni une seule journée. C'est la journée qui nous possède. Nous tombons dans le temps comme un poulet dans la chaleur qui va le cuire.

★

À ce stade de l'après-midi, j'hésite entre deux attitudes : continuer à méditer sur Cioran dans ce café ou rentrer chez moi passer l'aspirateur. Comment choisir ? Peut-on comparer l'utilité de ces deux activités ? Peut-on évaluer l'intensité du gaspillage de temps dans les deux cas ? Peut-on établir des préférences conditionnelles (si je n'ai pas passé l'aspirateur depuis une semaine ou depuis trois mois, si j'ai déjà travaillé une heure ou cinq heures, si le type qui vient de s'installer à la table voisine est séduisant, s'il fait beau et que je décide finalement d'aller me promener dans la forêt) ? Rien de tout cela n'a d'autre valeur que celle que je lui attribue, mais, le sachant, je n'arrive plus à en attribuer aucune. Me voilà dans un brouillard épais où j'aperçois l'ombre d'un Cioran séduisant qui passe l'aspirateur dans la forêt.

★

La philosophie, ça ressemble furieusement au mille-pattes qui court tranquille jusqu'à ce qu'il regarde ses pattes. Nous qui étions en parfait état de marche, nous voilà paralysés et ahuris, parce que nous avons voulu savoir comment « ça » marchait.

★

Mon cœur se serre chaque fois que quelque chose se termine. Même la guerre. Ce basculement incessant dans les poubelles du temps.

★

L'idée d'émettre un souhait, quel qu'il soit, concernant ce qui suivra ma mort, est du dernier comique. Faites de mon corps ce qu'il vous plaira, et de mes biens, et de vous-même, et du monde. Qu'est-ce que vous voulez que ça me fiche ?

★

Une vieille rombière fait sa réservation pour le réveillon de Nouvel An – dans un mois. Elle demande anxieusement si elle pourra avoir un steak au poivre saignant à la place du plat du menu, tout en payant le prix normal du menu. Voilà une femme capable de réfléchir à ce qu'elle va manger dans un mois. Les plis de sa bouche tombent vers le sol des deux côtés de son menton. Et ses bourrelets l'empêchent de mâcher.

★

Il y a des martyrs qui sont parvenus à absoudre leur bourreau. Le plus célèbre a dit : « Pardonnez-leur car ils ne savent pas ce qu'ils font. » *A priori*, tout être qui s'arroge le droit de disposer de la vie d'autrui est fondamentalement haïssable, point barre. Mais, en prenant quelque distance, on conviendra que les bourreaux sont eux-mêmes victimes. Victimes d'une cascade de circonstances, de croyances et d'aveuglements qui les mettent en état de poser des actes intrinsèquement stupides. Ils sont coincés dans une vision du monde où le pouvoir, l'argent, la religion ou l'idéologie structurent le vide de l'existence. Le bourreau est pitoyable, grotesque et dérisoire, il n'a rien compris, il ne vaut pas mieux qu'un babouin, et sans doute beaucoup moins. S'il m'arrache les yeux et la langue, s'il me lacère, me brûle, m'étouffe, ce n'est pas de chance pour moi, mais cela confirme sa bêtise et non la mienne. Pauvre animal fourvoyé qui se rend important en tranchant des têtes. Tiens, prends encore celle-ci. Avec toute ma commisération.

⋆

Un homme seul et très chic s'est tenu immobile et droit derrière sa table comme un mannequin pendant une demi-heure, puis il est parti brusquement. Juste après, une femme seule est venue s'asseoir au même endroit, se tenant droite également. Elle avait l'air triste, mais sa solitude perdait de son pouvoir de persuasion du fait qu'elle prenait la place encore toute chaude d'une autre solitude également raide.

⋆

Les plus grands esprits ont discuté de l'existence de Dieu avec un sérieux consommé. Descartes, Pascal, et même Cioran lui font l'honneur de se pencher sur son cas. Il est pourtant absurde de consacrer une minute d'attention à ce reliquat de folklore. Pourquoi pas disserter sur les licornes, tant qu'on y est ?

⋆

Le monde est morne, insipide et plat, jusqu'à ce qu'un désir lui donne relief et brillance. Sous l'impulsion du désir, des ressources intarissables jaillissent à chacun de nos pas. Mais ce désir, d'où sort-il ? Comment le provoquer ? N'est-ce pas absurde de dire : « Je voudrais avoir soif » ? Il n'y a que « J'ai soif » qui vaille.

⋆

D'où vient la générosité ? Peut-être les fables pour enfants finissent-elles par enfoncer dans le crâne de certains un vrai désir de noblesse. Ils en seront malheureux toute leur vie, mais combien sympathiques !

★

Générosité. Idée irréaliste à ce stade de l'évolution. Idée de science-fiction.

★

Deux jeunes femmes à la table voisine discutent de leur boulot.

— Ce qui est dur, ce n'est pas de travailler au jour le jour. Aller bosser demain, c'est pas la mort. Mais savoir que j'y serai encore dans dix ans, ça me rend malade !

— Moi, j'ai horreur de ne pas disposer de mon temps, genre : tiens, j'irais bien faire une course, ou : tiens, j'irais bien à la piscine.

— Finalement, on rentre tous les jours pour manger, puis on regarde la télé. Quand j'y pense, c'est exactement ce que font mes parents.

★

Torturé par sa conscience, il n'évoque jamais la tentation d'étudier le phénomène d'un point de vue scientifique. L'explication des mécanismes physiologiques de la conscience n'est pas un point d'intérêt pour qui en arpente quotidiennement les pires conséquences.

★

Première est la pulsion animale, tout ce qui est vie, matière, désir, agir, adaptation, plaisir.

Seconde est la conscience, tout ce qui est distance, exil, questionnement, terreur, hébétude.

Notre destin dépend du rapport de force entre ces deux pulsions. Certains trouvent un équilibre, d'autres errent dans une situation jamais stable, où tantôt l'une, tantôt l'autre de ces deux pulsions dicte sa loi. Ils progressent en zigzag mal contrôlé, parfois sûrs du soleil et parfois sûrs du contraire, mais plutôt sûrs de rien, traqués, haletants, cherchant le moindre semblant de refuge pour passer une vraie nuit. Mais la tourmente se prolonge et rien ne se présente. Ils doivent comprendre un jour que tel est leur pays et trouver un moyen de s'y sentir un peu chez eux. Comment tisser son nid dans les rafales ? De cet inconfort sortent parfois des œuvres étonnantes.

★

Ce monsieur comptait boire un verre. Il voit les tables dressées, et il s'avise qu'il est l'heure de manger. Il avalerait bien un petit quelque chose, étudie soigneusement la carte. Ce sera un tournedos de bœuf et pommes frites. À point. Suivent sept minutes et demie de discussion sur le choix du vin. Va pour un cabernet. Ah, une dernière précision, apportez-moi une petite sauce champignons crème fraîche.

L'appétit vient en commandant.

★

Et si nous n'étions que la masse insignifiante qui sert de pépinière pour qu'un Bach, un Van Gogh ou un Baudelaire puissent lancer leur cri ? Si nous ne devions pas nous tracasser davantage ? L'humanité a produit quelques phénomènes remarquables. Le reste n'a pas besoin d'être rapporté.

★

L'aspiration à la pureté reste l'un des points les plus étranges et les plus saugrenus de l'histoire de l'Univers. Cioran en était fortement doté.

★

Dans les lieux publics, les gens donnent souvent l'impression de ne pas penser, mais de fournir des réponses formatées à des stimuli donnés, de manière aussi prévisible que les chiens domestiques. Ils s'arrangent pour enchaîner des situations habituelles, de façon habituelle, en pilote automatique. Cette placidité bovine, cette assurance minérale, ces phrases convenues dont pas une ne s'égare. Je voudrais m'immiscer en eux et exploser, je voudrais les faire sortir de leurs gonds, je voudrais voir s'il y a quelqu'un à l'intérieur.

★

Une affreuse choucroute vient de rejoindre l'affreuse femme qui me fait face. Elle a beau avoir été chez le coiffeur. Mon travail consiste maintenant à domestiquer les effluves de choucroute, à considérer notre cohabitation comme un phénomène anodin, naturel et parfaitement acceptable.

★

J'ai renoncé à réfléchir avec méthode, parce qu'il faudrait sacrifier trop de choses. Tracer un chemin, c'est ignorer la plus grande part du paysage. Errer est moins respectable, mais on n'élude rien.

★

Ces ministres, ces patrons, ces vedettes, s'ils veulent vraiment être les premiers de la classe, s'ils s'appliquent et font toutes les grimaces nécessaires pour monter sur le podium, qu'ils ne viennent pas s'étonner si nous nous moquons d'eux. Ils se battent pour occuper les places en vue, cela donne du spectacle et nous amuse beaucoup. De plus, nous serions bien en peine de remplir toutes ces tâches auxquelles nous ne croyons pas. Nous vomissons la société, et nous ne l'organiserons sous aucun prétexte. Nous n'avons rien d'autre à proposer. La seule idée d'y réfléchir nous donne des crampes. Battez-vous et applaudissez-vous sans nous. Donnez-nous de quoi rire et laissez-nous savourer nos drames et nos égarements enchanteurs.

★

— Baba au rhum ?, propose le serveur à la mangeuse de choucroute. Ils sont très bons, les babas…

— Non, je vais plutôt prendre une brésilienne.

Je pensais que la choucroute aurait occupé tous les interstices. Mais non.

★

Notre univers mental est si pauvre que cela tient de la mutilation. Nous aurions pu faire tellement plus beau et plus fou – s'il n'y avait eu les camisoles de force. Dans la famille, à l'école, à l'université, au boulot, dans toutes ces maisons de redressement, on nous réduit à être des humains socialement fonctionnels, attachés avec des chaînes à quelques routines répertoriées. Le monde se rétrécit, toute chose a son explication, toute action, son résultat, tout objet, son nom, toute phrase, son destinataire, toute maladie, son médecin, toute récréation, son heure, tout sommeil, son lit. Maintenant, nous sommes pauvres, et nous manquons même des moyens pour le constater.

★

Détester la mièvrerie autant que la barbarie, c'est se laisser très peu de place.

★

Si, à chaque moment, on pouvait, d'un simple clin d'œil, immobiliser les gens dans la position où ils se trouvent, et les ausculter tout à loisir, les yeux, les oreilles, les doigts, comme de belles statues, et puis les remettre en mouvement d'un autre clin d'œil. C'est ce que faisait un handicapé mental de mon entourage, les clins d'œil en moins. Il observait les gens comme on examine un ustensile dont on ignore le fonctionnement, causant un malaise intense.

★

Un petit monsieur boit son eau minérale en considérant sans cesse les deux montres qu'il a posées sur la table, cadrans bien orientés vers lui. On dirait le gardien du temps.

★

« L'homme ne peut être *essentiel* que dans le malheur[10] », dit Cioran. Et pourtant, dans le rire aussi, il y a quelque chose d'essentiel. Il m'arrive d'éprouver un frisson d'absolu quand j'entends un éclat de rire fuser à côté de moi, tout simplement parce que cela tient de l'impossible. Que la conscience d'exister soit une expérience si épouvantable, et qu'il soit possible tout de même de monter vers le rire comme un blanc d'œuf monte en neige, c'est une contradiction fabuleuse. Lorsque le rire provient de quelqu'un qui se moque de son propre destin, alors la boucle est bouclée, les extrêmes se rejoignent, l'horreur est drôle et l'humour est horrible, et cette fusion inattendue provoque un éclair d'harmonie dans mon esprit dépassé par les événements.

⋆

Dépassés, ne le sommes-nous pas toujours ?

⋆

Hier, en voyant Tom se lever pour répondre au téléphone au milieu du repas, je pensais à Schopenhauer qui se souvenait d'une époque où il était curieux lorsqu'on sonnait à sa porte : « Ah, quel bon vent t'amène, etc. », alors que plus tard il n'était plus que méfiance, « Allons bon, qu'est-ce que ce sera encore… »

Je ne suis jamais passée par la curiosité, et je me demande si Tom arrivera un jour à la méfiance.

⋆

Il évoque le regard des canetons pour illustrer l'innocence, l'absence de prédation et de digestion par les yeux[11]. Le mot *caneton* rend un son bizarre sous sa plume. Il a sans doute pris cet exemple parce que le mot roumain lui convenait. S'il avait écrit le texte en français, il n'aurait jamais misé sur cet animal. Mais peut-être sur la biche, le cygne, ou la mésange. Ou même l'ours. Ou même le loup. Tout animal convient pour illustrer le regard pur, direct, l'absence d'arrière-pensée. N'importe lequel, pourvu que son nom s'y prête. Mais le caneton, vraiment, quelle drôle d'idée.

⋆

Si l'image de la pureté s'offre si clairement dans le regard d'une bête, il faut bien en conclure que c'est l'intention qui corrompt. L'intention, ce double-fond dans le regard des hommes.

⋆

Eugénie, dans ses dernières semaines, ne pouvait plus raser les poils qui lui poussaient au menton sous l'effet des médicaments, ou des rayons, ou du grand âge, ou de tout cela à la fois. Elle demandait à mon père de jouer les barbiers, car elle voulait rester présentable. Une femme qui a toujours été élégante, n'est-ce pas touchant de la voir persister jusqu'aux portes de l'enfer ?

★

Les humains, quand on les considère de loin, et qu'on échappe à leur voisinage engluant, ressemblent beaucoup à de petits animaux innocents qui luttent, qui mangent, qui font des provisions et des progénitures et froncent le nez en dormant. Lorsque je manque de sérénité, je m'applique à les voir comme des écureuils, aussi vifs et aussi passagers, ni beaux ni laids, ni gentils ni méchants, simplement tombés là, et tâchant de se maintenir tant bien que mal, en un mot irresponsables.

★

Nous avons perdu le paradis. Cioran ajoute que nous pourrions encore en perdre le souvenir et manquer cette ultime consolation. Il s'inscrit dans la lignée des philosophies de la chute, en ajoutant qu'un jour nous perdrons même le désir d'être heureux. Le bonheur est un passé définitif, une page tournée sans retour.

Partant de la constatation que l'homme n'est pas heureux, d'où vient l'étrange conviction qu'il l'a été un jour ? Le jardin d'Éden, l'Âge d'or et autres mythes placent le bonheur dans l'ordre du révolu et le destin de l'homme, sous le signe du regret. Sous prétexte d'un péché dont la symbolique renvoie à notre statut d'être pensant (connaissance du bien et du mal, conquête du feu, etc.) nous nous sommes trouvés privés de ce bonheur primordial, et déchus au rang d'êtres informés de la mort, car telle est la rançon de notre cerveau.

Cette vision se tient, mais elle nous plombe le moral. Tomber, toujours tomber. Ça lasse. Nous aimerions des perspectives moins orientées. La fatalité de la chute est une interprétation de notre entrée dans la conscience et dans les souffrances qui s'ensuivent, mais on pourrait aussi évacuer ce passage de l'inconscience à la conscience pour faire commencer la philosophie avec l'homme et non pas avant lui. Prendre en somme la crainte de Cioran pour la transformer en précepte : oublier ce foutu paradis.

De quoi partons-nous alors ? Nous partons du malheur le plus noir, de la terreur incommensurable de l'être qui comprend qu'il doit mourir. De là, plus question de chute. Puisque l'homme commence au fond, nous n'avons rien à perdre, ni rien à regretter. Nous sommes simplement là, lucides et démunis. Quelle importance que nous vivions ou pas ? Aucune. Mais nous *pouvons* vivre. Nous pouvons tenter cette vie-ci ou cette vie-là, ne fût-ce que pour voir, ou pour faire plaisir à une blonde, ou pour se prendre au jeu, qu'importe.

Si nous fabriquons du plaisir, ce sera mieux que rien. Parfois beaucoup mieux. Si nous ne produisons rien qui vaille, nous ne serons pas tombés plus bas pour autant. Plus bas, nous y étions déjà.

*

Du temps et de l'espace, seul le temps nous épouvante. Que nous n'occupions qu'une toute petite portion de son étendue infinie nous plonge dans une terreur sans nom, alors qu'il en va de même pour l'espace et que cela ne nous afflige pas. Tous les endroits où nous ne sommes pas ne nous tracassent en aucune façon, mais tous les moments où nous n'existerons pas, voilà notre tragédie. On se demande pourquoi. On gémit, on hurle, on explose de douleur, et on se demande vraiment pourquoi.

*

Au milieu d'un texte de Cioran, je pense aux lasagnes que je vais réchauffer pour le repas de ce soir. Tout élan vital ne m'a pas encore désertée.

*

Le monde est un modèle d'auberge espagnole. Il contient tant et tant que l'on y trouve toujours ce que l'on veut y trouver, ce qui revient en quelque sorte à l'apporter soi-même. On peut y voir le sublime aussi bien que l'ignoble, et le même environnement fera office de salle de torture pour les uns et de jardin des délices pour les autres, si voisins soient-ils.

En physique, dans les systèmes chaotiques, on peut toujours trouver deux situations initiales très proches qui donneront, au bout d'un certain temps, des situations finales très différentes. Dans nos têtes aussi, la vie fait diverger ce qui paraissait aussi proche que possible, aussi proche que deux nourrissons dans une même chambre de maternité par exemple.

★

Une vieille fille vient de s'installer à une table voisine. Jupe écossaise, pull en tricot froncé aux épaules, petite sacoche noire sur les genoux, queue-de-cheval rassemblée par un élastique de bureau. Bientôt, on lui apporte trois assiettes pour elle toute seule, l'une remplie de viande, l'autre de salade et la troisième, de frites. Elle les avale dans cet ordre, exactement, sans mélange.

★

L'homme tourmenté en vient à trouver étranges toutes les existences limpides, immédiates, non contaminées de conscience. Cette simplicité, cette platitude peuvent finir par lui être oppressantes. Sans bien vouloir se l'avouer, il sentira qu'il a peur du regard d'une vache, peur du poids d'une armoire, peur de la couleur du ciel, peur de l'odeur du thym, bref, de toutes ces choses qui n'ont jamais *voulu* exister et qui *existent* tellement fort.

★

Prendre le désespoir comme point de départ, c'est considérer la douleur comme un état naturel et non comme une punition. Au lieu de souffrir dans l'amertume qui redouble le tourment, souffrir parce que telle est la nature de l'homme, et se rendre curieux pour ce qui pourrait arriver *d'autre*, éventuellement.

★

À soixante-dix ans, Cioran tombe amoureux d'une admiratrice allemande de trente-cinq ans qui lui a écrit des lettres exaltées. Ils se rencontrent. Il se met alors à lui écrire des lettres d'amour, lui, le roi du scepticisme : « Vous êtes devenue le centre de ma vie, la déesse d'un être qui ne croit en rien, le plus grand bonheur et le plus grand malheur que j'ai rencontrés[12]. » Mais la jeune femme désirait plus un échange intellectuel teinté d'érotisme qu'une liaison amoureuse en bonne et due forme : « Vous m'avez jetée dans l'immédiateté équivoque d'une relation physique, quand je recherchais l'équivocité érotique d'un échange intellectuel[13]. » Cioran, lui, était pris jusqu'à l'os. « Moi qui pendant des années n'ai eu que sarcasmes pour des choses telles que l'amour (etc.), il fallait que je sois puni d'une manière ou d'une autre : je le suis à présent, mais je ne regrette rien[14]. » « Je pense avec plaisir à vos charmes fastueux[15] », lui écrit-il encore dix ans plus tard, quand il est déjà atteint par la maladie qui va l'effacer vivant.

⋆

C'est parce que je suis toujours sûre de mon malheur que je suis parfois sûre de mon bonheur.

⋆

Les « printemps de l'enfance » dont il parle sont sans doute la source du paradis perdu, et c'est pour cela que je n'y comprends rien. L'enfance est pour moi une étendue hostile où tout sonne faux, et où vivre est une hypothèse d'école.

⋆

Maintenant qu'on lui a ôté ses trois assiettes vides, la femme à la queue-de-cheval s'est mise à parler toute seule. Pas grave, personne ne la regarde.

⋆

Le drame du temps, c'est que nous le haïssons, mais nous ne pouvons pas aimer son contraire. L'éternité est encore plus terrible que la mort. Si terrible qu'il ne nous est même pas possible de la concevoir.

⋆

L'amour : à sa grande surprise, il est passé par cette expérience. Mais cela n'a résolu aucun de ses problèmes.

⋆

« Pourquoi penser que chaque personne d'une foule est un être humain ? », demande le sorcier yaqui. « Certains n'en sont pas[16]. »

Je lève le nez de mon livre et je lance un regard suspicieux sur les anonymes de ce café. Je m'arrête sur la femme qui parle toute seule, avec de plus en plus d'entrain. Toute une conversation, avec mimiques et gestes à l'appui. Elle tourne la tête vers moi et me voit détourner les yeux. Alors, elle range ses affaires et s'en va comme une voleuse.

⋆

Si même lui est arrivé à mourir, pourquoi s'en faire ?

CHAPITRE HUIT

Sorciers, sages, et dignité

Pour me distraire de l'effroi, je me tourne vers deux bouffons. Le premier : la raison – les cathédrales majestueuses de la science qui font du réel la seule réalité. Le second : l'antiraison – mystiques, poètes, sorciers et autres gourous, qui ne s'embarrassent d'aucune logique et font du réel une annexe de l'imaginaire.

Dieu, jamais. Celui-là est aussi périmé que l'Atlantide ou le phlogistique. Irrécupérable, même à titre de diversion.

⋆

Je multiplie les points de vue sur la mort pour avoir l'impression de dominer mon sujet, mais je pourrais tout aussi bien jouer aux dominos, cela ne change en rien la réalité du gouffre.

⋆

L'un des gourous les plus rafraîchissants, c'est le sorcier yaqui étudié par l'ethnologue Carlos Castaneda, dans les trois livres décrivant son initiation : *L'Herbe du diable et la petite fumée*, *Voir* et *Le Voyage à Ixtlan*. Après la mort accidentelle de son fils, survenue sous ses yeux, il explique : « La vie et la mort se mélangent et se déploient. […] Je *vis* sa mort. Elle ne fut ni triste, ni pénible. Elle fut égale à tout le reste[1]. »

⋆

Soulagement : il est donc possible d'accueillir la mort d'un fils avec sérénité. Mais cela suppose une perception du monde qui reste pour moi théorique, et le réconfort que j'en tire est purement formel, pour ainsi dire esthétique. Il m'apporte, aux moments où je ne suis *pas* dans l'effroi, un surcroît de liberté intellectuelle, ce qui n'est jamais de refus mais qui ne protège pas plus qu'un tutu contre la radioactivité.

⋆

Une grande surprise lors de cet enterrement : voir ma mère faire le signe de croix à l'envers, comme si elle improvisait ce geste pour la première fois, en recopiant mal ce que font les autres.

⋆

Cette épouvante, toujours aussi brusque, toujours aussi abyssale, il m'arrive, dans les moments de répit, de m'en sentir fatiguée, comme d'un voisin bavard qu'on a trop vu. Assez radoté avec la mort. Bien qu'elle ne vieillisse pas d'un poil, ce qu'elle raconte n'est jamais neuf. Il n'y a rien à découvrir, rien à apprendre. C'est la même scène qui se répète inlassablement, comme la même bobine de film qui repasserait tous les soirs. À quand la surprise ? À quand l'effort d'imagination ?

⋆

Dîné avec un ami qui se considère comme responsable de la mort d'un jeune homme dans un accident de voiture. C'était la nuit, il faisait froid, le garçon a rendu l'âme dans ses bras. Plus tard, il a écrit à la mère pour demander s'il pouvait venir lui parler. Elle a répondu qu'elle ne voulait surtout pas le voir. Jamais.

⋆

Le même me parle d'une amie qui est morte d'un cancer foudroyant à trente-cinq ans. Quelques semaines et c'était fait. Le mari est devenu fou. Interné. À vie. Les quatre enfants placés dans des familles.

Il dit qu'il a beaucoup réfléchi, ensuite, à ce qu'il ferait s'il apprenait qu'il était condamné. Il pense qu'il dirait simplement à tout le monde : « Voilà, j'ai un cancer, c'est de ce côté-ci, vous pouvez toucher si vous voulez, et maintenant qu'est-ce qu'on boit ? »

⋆

Lorsqu'un homme court un grave danger, chaque atome de son corps refuse la mort, tout son être se tourne et se cramponne vers le filon de lumière encore visible. Mais, si le moment arrive où tout espoir est perdu, où la dernière lumière s'estompe, la perception se retourne comme une chaussette : la mort qui était niée en bloc devient une certitude ; l'esprit qui était frénétiquement occupé se retrouve vide, et au bord du vide. Pendant ces quelques instants où tout ce qui l'attachait à la vie s'est volatilisé, l'esprit ressent un froid immense, un détachement brutal, une indifférence absolue vis-à-vis de tout ce qui l'avait occupé. Il réalise combien il était emberlificoté dans l'existence alors que, de l'endroit d'où il la voit maintenant, il ne distingue plus aucun des labyrinthes où il s'époumonait.

Ce basculement se produit quand on est pris dans les mâchoires de la mort, mais il est possible de l'expérimenter bien avant, à tout moment, simplement en prenant conscience que la mort nous suit pas à pas.

⋆

Un soir où il roulait avec le sorcier yaqui, Carlos Castaneda aperçoit des phares dans le rétroviseur. Il trouve cette présence bizarre en plein désert. Le sorcier lui explique qu'il ne s'agit pas d'une voiture, mais de la mort, lancée à leur trousse. L'apprenti ne veut pas croire ces calembredaines. Plus tard, les phares ont disparu. La voiture a dû s'arrêter. « Non, la mort ne s'arrête jamais. Parfois, elle éteint ses lumières, c'est tout[2]. »

⋆

On voit combien le sentiment de la mort peut nous être familier, et quasiment consubstantiel, ou bien tout à fait étranger et inexistant, sans que cela ne change rien à l'affaire : la voiture nous suit. Quand nous l'avons vue, nous ne sommes plus en mesure de prendre au sérieux les péripéties de la vie.

⋆

Cioran ne dit pas autre chose : « Ce n'est que lorsque nous avons la mort à nos trousses que nous pouvons parler du détachement sans emphase. J'ai compris ainsi que le détachement ne signifiait pas perdre tout dans la douleur mais s'en rapprocher gratuitement. Regagner un monde qui, sans être un monde de valeurs, est, pour l'instant, le seul[3]. »

Les deux discours convergent : le sentiment de la mort rend impossible de s'attacher à quoi que ce soit. Tout est égal, rien n'est plus valable ou plus important qu'autre chose, d'où il découle que tout est possible. La voie est libre, nous pouvons essayer tout ce qui nous chante. L'homme dégagé du monde des valeurs va pouvoir vivre *délibérément*.

*

Délibérément est un mot plus fort que librement. Un geste libre peut être très bête, alors qu'il y a un grand art à vivre délibérément. Suivre chaque décision avec force, comme si c'était important, sachant qu'on aurait pu faire l'inverse, avec la même importance. Peser nos choix à l'aune du vide et non d'une valeur morale, et faire de même avec nos émotions. Rire quand on a choisi de rire, pleurer quand on a choisi de pleurer, avec un niveau de référence qui serait l'abstention totale, le vide comme seul absolu.

*

Ce sorcier mexicain évolue dans un univers d'esprits et de mondes parallèles auquel je n'adhère en rien. Pourtant j'entends ce qu'il dit.

Cioran n'est pas mon sorcier roumain – il n'avait rien à enseigner. Il a parfois dit la même chose que le sorcier yaqui, mais sans éprouver la liberté qui en découle, sans concevoir qu'on puisse choisir la joie. Il reste conduit vers le désespoir, aussi sûrement qu'une bille sur un rail.

*

Si toutes choses sont égales, pourquoi vivre, faire ou ressentir quelque chose ? Pour rien, si ce n'est pour son bon plaisir. On s'amuse mieux en riant qu'en pleurnichant, du moins c'est ce que pensent les sages au naturel joyeux. Et ils choisissent de rire.

Cioran, lui, « ne croit pas avoir raté une seule occasion d'être triste[4] ». Quand on le détache du monde en mettant la mort à ses trousses, il penche naturellement vers le désespoir. Car le fait patent que mourir n'ait aucune importance est la source même de son tourment. Il s'est donc détaché de tout sauf d'une chose, la mort, qui le verrouille.

★

Dalida, dans *Laissez-moi danser,* affirme un choix délibéré parmi les plus beaux : « J'ai appris à vivre comme si j'étais libre. » La variété aussi peut avoir de ces accents philosophiques…

★

Il ne s'agit évidemment pas d'aller quelque part. Où pourrait-on aller, sinon au cimetière ? Mais certains chemins sont plus joyeux que d'autres. Et certains donnent la nausée. D'où l'importance du choix délibéré, et de pouvoir à tout instant changer de voie.

★

Cioran a passé toute sa vie à ramper, malade à force de conscience, sans parvenir à quitter ne fût-ce qu'un instant la voie du désespoir. La présence persistante du néant l'a jeté dans une alternance de prostrations et de logorrhées, sans que jamais *un écart* ne puisse être fait vers un autre paysage. Tout, dans sa vie, pouvait être délibéré, sauf ça, cette souffrance congénitale.

★

« Les hommes doivent s'habituer à vivre sans but et ce n'est pas aussi simple qu'on le croit[5]. » Après soixante ans de recherches, il arrive à la conclusion que les paysans du Danube qu'il côtoyait dans son enfance avaient raison de ne croire en rien, de penser que l'homme est perdu et qu'il n'y a rien à faire.

★

Il n'y a qu'un seul accomplissement possible dans la vie : comprendre qu'on ne comprend rien à ce qu'on vit.

★

L'obsession de l'esprit par lui-même est une dérive technique, une surchauffe de la matière quand elle s'organise à l'excès, une autocombustion du champignon cérébral incontrôlé. Elle produit un certain nombre d'individus dérangés mais pas fous, atterrés d'être plus lucides que les autres et de ne pouvoir rien en faire. Certains se suppriment, tués par la conscience du temps, d'autres préfèrent gémir pour tuer le temps.

★

Comme la même idée peut provoquer terreur ou apaisement, c'est étrange. Celle, par exemple, que l'individu est une forme aléatoire temporairement arrachée au néant. L'un en profite pour se sentir libre et accompli, l'autre, pour clamer son effroi.

★

La peur ordinaire de la mort se situe sur le même plan que les autres sentiments et peut être colmatée, comme s'y emploient toutes sortes de systèmes magiques, philosophiques ou religieux qui se calent dans les structures mentales comme un filet de rattrapage. Mais l'effroi se vit sur un autre plan. Comme l'orgasme, ce n'est pas un sentiment, pas une émotion, pas une idée, mais un cataclysme. Il surgit en tsunami qui ravage tout, quelles que soient les digues en place. Avant, on peut discuter. Après, on peut discuter. Mais pendant l'épouvante, la faillite du corps pulvérise jusqu'à la capacité de penser.

★

Dans la recherche d'une solution pour exister, Cioran dénigre en tout cas la philosophie « qui parle si peu de la souffrance ». Pour lui, la poésie, la musique et la mystique sont bien plus convaincantes. Seules celles-là sont *parfois* capables de réconfort.

★

Pendant l'enterrement d'Eugénie, mon père a chanté d'une voix forte, comme pour entraîner l'assistance trop timide, une phrase que seul le prêtre devait chanter. Quand tout le monde a repris en chœur, il s'est aperçu que son zèle était tout à fait déplacé.

Du reste, qu'est-ce qui, dans une cérémonie d'enterrement, ne l'est pas ?

★

L'immortalité n'est pas concevable. Les auteurs qui ont voulu la mettre en scène se bornent à décrire une existence plus longue que la nôtre, qui traverse quelques siècles ou quelques millénaires. Mais immortel pour de bon, ça ne veut rien dire. Un esprit ou un récit finis ne peuvent pas entamer d'un iota l'infini. Personne n'a encore parlé de l'immortalité.

★

Le monde est un film en 3D auquel j'assiste en spectatrice. Parfois, il arrive que l'un des acteurs me téléphone, et l'appareil sonne devant mon nez, et la voix de l'acteur résonne vraiment à l'intérieur. Il est persuadé que je joue aussi dans le film et que j'ai des répliques à dire. Vite, vite, je balbutie des choses pour qu'il ne se rende pas compte de son erreur, en choisissant parmi toutes les répliques qui pourraient faire l'affaire : « Ah oui !, super ! », « Oh non !, quelle poisse ! », etc. Quand il me demande : « Et toi, comment ça va ? », je sens s'ouvrir un grand vide. C'est une question que je ne me pose pas. Je regarde tellement aller les autres que je n'ai pas le sentiment d'aller. Bon sang, moi je suis dans la salle. Que pourrais-je leur raconter d'autre que ce qu'ils font eux, et comment ils vont eux ? En raccrochant, je me demande si j'ai donné le change. S'ils ne vont pas commencer à se méfier, comprendre que je suis un personnage sans texte, et arrêter de m'appeler, de m'inviter, de me prendre pour une des leurs. Je regretterai sûrement ces petits bains d'existence où je m'étonne moi-même de participer à quelque chose que je ne comprends pas le moins du monde.

★

Pendant la journée de l'enterrement, j'ai entendu ma mère répéter des dizaines de fois les mêmes phrases, car elle connaît très peu le néerlandais et n'avait que quelques mots à sa disposition : « *Zij heeft genoeg geleden* » (Elle a assez souffert), « *Zij houdt veel van U* » (Elle vous aime beaucoup). Phrases au présent par manque de conjugaison, elles soulignaient à quel point nous sommes démunis pour commenter la disparition d'un semblable.

*

Dans un cours de musique, le professeur répétait sans cesse les mêmes explications en haussant les sourcils dans une expression de grande conviction. Son sérieux, sa patience, sa volonté d'enseigner, m'ont semblé exorbitants. Si les choses ne viennent pas toutes seules, s'il faut s'y reprendre à deux, trois et quatre fois, l'obscénité du projet devient insupportable. Je ne peux vouloir que ce qui ne se mérite pas car rien ne me fera jamais tenir bon dans un effort.

*

Cioran : « Le progrès dans l'essentiel est une régression dans la vie. [...] La plénitude de la vie n'existe que dans les illusions. [...] Violer les illusions signifie se condamner aux essences[6]. »

Déchirez les voiles et les écrans de fumée un par un, et vous serez dans le vrai, mais aussi dans l'invivable. Plus d'action, plus d'émotion, plus même de pensée possible dans le vide absolu. Vous voilà empêché de toute existence, sans recevoir quoi que ce soit de substantiel en échange. Quand on a compris que l'essentiel n'est d'aucun secours, il ne reste plus qu'à revenir sur Terre. « Si les essences, que les hommes estiment tant sans les aimer, n'ont rien pu sauver, il ne reste plus alors que le courage des illusions. Rester donc ici sur Terre, se compromettre et s'épanouir comme une illusion parmi d'autres[7]. »

Toute philosophie honnête, poussée jusqu'à son terme, revient à la case départ. Celles qui ne le font pas sont suspectes.

*

Donnez-moi un point d'appui et j'expliquerai le monde. Mais de point d'appui, point.

*

Hypothèse amusante soulevée par Cioran : le néant ne serait pas la cause de l'effroi, mais bien le contraire. L'effroi serait préexistant et créerait ses propres prétextes.

Qu'importe si la cause manque, la souffrance est là. On peut accuser le cerveau de courts-circuits, ils n'en sont pas moins vécus comme des cauchemars dont le réveil n'existe pas.

⋆

Se méfier de tout enthousiasme, non seulement pour des « valeurs classiques », beau, bien, honneur, amour, patrie, Dieu, etc. mais aussi pour n'importe quelle recherche originale. L'enthousiasme est toujours un emballement de la satisfaction de soi-même.

⋆

Je fréquente aussi, en plus de Castaneda, le moine zen japonais Shunryu Suzuki. Dans son livre *Esprit zen, esprit neuf*, il présente en termes simples l'esprit du bouddhisme zen. « Le zen n'est pas une sorte d'exaltation. C'est la concentration sur notre routine quotidienne et ordinaire. [...] Lorsque votre pratique est calme et ordinaire, la vie quotidienne elle-même est illumination[8]. »

⋆

Le bouddhisme zen a cette immense supériorité sur beaucoup d'autres traditions spirituelles de ne jamais cacher le pot aux roses. Au contraire, tout l'enseignement consiste à le montrer du doigt. Il n'y a nul secret à percer. Rien à acquérir, rien à préparer. Rien à apprendre, rien à comprendre. Juste se déprendre. De nos questions, de nos espoirs, de nos ambitions. Accueillir la vacuité comme une évidence.

⋆

Le moine regarde ses élèves qui méditent, sagement assis devant lui, et il leur apprend que le plus fort d'entre eux, le plus proche de la vérité, c'est... la grenouille. La grenouille s'assied sur un nénuphar et, contrairement au méditant, elle n'en tire aucune satisfaction. Elle est simplement là, sans rien faire ou rien sentir de spécial. Voilà toute la définition du zen : « rien de spécial ». *No big deal.* Une attitude aussi peu imbue d'elle-même, n'est-ce pas déjà sympathique ?

⋆

Cioran décrit les saints comme des êtres étrangers aux réalités qui les entourent, déambulant dans un autre monde, s'entretenant avec les anges, trouvant leur accomplissement dans la souffrance – un modèle de comportement qui est aujourd'hui passé dans la catégorie psychiatrique car on ne saurait laisser les illuminés tranquilles. La qualité la plus saisissante des saints, selon lui, c'est « de se tenir à une distance infinie des idées », et d'avoir une « attitude antiphilosophique », car « la pensée n'ajouterait rien à l'existence »[9]. Il ne leur manque plus que d'économiser l'idée de Dieu, et le tableau sera parfait. D'ailleurs, certains mystiques ont tenté le coup, non sans s'attirer les foudres de l'Église. Marguerite Porete : « Puisque l'âme est néant, il ne lui chaut de rien, ni d'elle, ni de ses proches, ni de Dieu même[10]. » Et elle lance à celui-ci : « Je me désencombre de vous, et de moi, et de mes proches[11]. »

Puisque l'âme est néant…

Il faut que cela vienne d'une religieuse au plus haut degré.

★

Que la pensée soit superflue, le maître zen le confirme. Inutile de vouloir comprendre ce qui nous déborde de toute part. La voie de la sérénité est dans la non-pensée.

★

Cette recommandation, pour en apaiser certains, fera le désespoir des autres. Si tout est vide et vain, et s'il faut prendre pour modèle la grenouille, on n'a rien résolu mais seulement souligné ce qui nous désole depuis le début, à savoir que le bonheur était dans l'inconscience. Mais que faire de nous, pauvres victimes de notre congestion mentale ? Que faire de cette conscience qui n'aurait jamais dû émerger du néant et qui persiste obstinément ? La régression, personne n'a-t-il vraiment rien d'autre à proposer ?

★

Que ce soit pour le moine bouddhiste, le sorcier yaqui ou l'écrivain roumain, le monde est un produit de notre cru (au sens de croire). Nous le créons tel ou tel en le croyant tel ou tel.

★

Depuis l'enfance, chacun est drillé à penser et à se parler à lui-même en permanence, de sorte que l'impression qu'il tire du monde correspond exactement au discours qu'il s'en fait. Nous avançons comme des phares qui projettent ce qu'ils ont dans la tête et ne voient rien du décor dans lequel ils se trouvent.

★

Cioran : « Ce qui fait qu'une chose est, c'est notre état de fièvre, et la vivacité de nos ardeurs projette des vérités sur un monde d'absences. [...] Les feux intérieurs soutiennent la solidité apparente du monde, animent le décor vide et sont les véritables architectes de la vie. [...] Les "objets" ne sont que les illusions matérielles d'excès intérieurs[12]. »

En ce sens, l'effroi est premier, et le néant, le nom donné à cet excès intérieur.

★

Alors, mettons que ce n'est pas le néant qui nous torture, mais l'effroi, le néant étant l'illusion (non) matérielle qui le soutient. Hélas, démonter l'illusion ne suffira pas à soigner le mal. Le mal est là, dans l'excès intérieur. Pour l'atteindre, il faudrait aller jusqu'à déconnecter certaines parties du cerveau...

N'est-ce pas exactement ce que font les bouddhistes en imitant la grenouille ?

★

Pour Cioran, la caractéristique de notre époque est d'investir essentiellement dans les objets, par contraste avec d'autres époques, plus tournées vers l'infini et l'essence.

Le cerveau aurait commencé sa carrière loin de la réalité, pour s'en rapprocher finalement en traînant des pieds.

★

Pour le dire autrement : la réalité, telle que fabriquée dans nos têtes, a commencé son parcours loin du tangible, avec des esprits et des arrière-mondes derrière chaque rocher, avant de se rapprocher finalement des pierres.

Des millénaires avant d'appeler un chat un chat.

★

Charles Quint a organisé son enterrement de son vivant, pour pouvoir y assister et dédramatiser la chose. S'est-il senti mieux après ça ? Évidemment non. Aucune des fantaisies humaines n'a jamais pu entamer d'un pouce l'égalité fondamentale devant la mort.

★

La mort est un mur qui bouche l'horizon. Aucun chemin ne mène nulle part. De ceux qui restent assis en bavardant ou de ceux qui s'épuisent toute leur vie à longer le mur, qui est le plus malin ?

★

Mettre sa mort en scène est une curieuse faute de compréhension. Croire que l'on peut encore finasser, alors que ce dont il s'agit, c'est de tout perdre d'un coup.

★

Ces délires que nous avons échafaudés à propos de l'« illumination » du Bouddha. Nous avons cru qu'il y avait quelque chose à atteindre. Quelle déception ! Le moine zen nous apprend que l'illumination n'a rien d'un état particulier. Elle réside dans l'état d'esprit qu'il y a à rester assis, sans rajouter quoi que ce soit à cet état assis. Telle est la conclusion du bouddhisme. Arrêtez de chercher midi à quatorze heures.

Pour quelqu'un qui ne passe jamais d'un instant à l'autre sans charrier une foule de questions, cette sagesse est simple au point d'être fascinante, et limpide au point d'être opaque. Opaque, elle doit l'être même pour les pratiquants, à qui l'on annonce qu'ils ne seront pas forcément conscients de leur propre illumination. La simplicité confine à la confusion. Y suis-je ou n'y suis-je pas ? Où, déjà ? Ah oui, nulle part…

★

Les bouddhistes pourraient faire figure de nihilistes et de désespérés puisqu'ils s'interdisent d'attendre quoi que ce soit en dehors de ce monde et considèrent qu'il n'y a ni bien ni mal, ni vrai ni faux, chaque qualité étant une illusion. Mais curieusement, cela ne semble pas leur causer de haut-le-cœur. Il n'y a rien à attendre, rien à gagner, rien à perdre, rien à faire, rien à espérer, rien à obtenir, rien à réparer, rien à penser, rien à dire, rien de rien. Comment font-ils pour digérer tant d'absence ?

★

Le maître zen, au terme de son enseignement, conclut qu'il est absolument nécessaire de ne croire en rien.

Pour Cioran, ce n'est pas là une nécessité souhaitable, mais une malédiction inévitable. Ce n'est pas une victoire, mais une tragédie. Comme quoi, ce qui fait l'illumination des uns fait la catastrophe des autres. Un « Tais-toi et mange ! », si philosophique soit-il (« Sois pleinement dans ce moment où tu manges », etc.), ne calmera pas les crampes d'estomac de notre pauvre Roumain attablé devant sa soupe.

D'ailleurs, il déteste cette sorte de résignation mielleuse : « Le danger, dans la souffrance, c'est d'être *gentil* : d'endurer avec compréhension[13]. » Car, si l'appel est tentant, nous sentons bien qu'il repose sur une gigantesque supercherie. Aimer le sort qui nous accable, et puis quoi encore ?

★

« La sagesse née de l'*accord* avec la mort est, face aux fins dernières, l'attitude la plus superficielle qui soit[14]. » Il me plairait que Cioran se trompe, mais il me semble plutôt que ce sont les approbateurs qui débloquent, et finalement je décide que tous ont tort et raison à la fois. Il s'agit d'un tableau d'Escher ou tantôt les parties blanches se détachent en relief, tantôt les parties noires. Aucune vision n'est plus vraie que l'autre, mais nous ne pouvons en voir qu'une à la fois. Cependant, certains voient toujours la même ; pour d'autres, c'est tantôt l'une, tantôt l'autre.

★

Il prend le métro et beurre son pain comme tout le monde. Simplement, le cœur n'y est pas, kidnappé à l'avance par son rendez-vous avec la mort.

★

Dans le film *Matador* de Pedro Almodovar, deux êtres fascinés par la mort décident de mourir ensemble, au moment suprême de l'amour (fantasme cher à Cioran). Chacun est armé d'une lame, ils s'aiment, l'excitation monte, ils murmurent chacun qu'ils voudraient déjà voir l'autre mort. Au moment de jouir, elle le perce de sa lame en lui enjoignant de faire de même, mais c'est déjà trop tard, il est en train de s'écrouler. Comme elle a été prévoyante, elle prend son revolver qu'elle braque sur sa tempe, et en saisissant le visage de son amant, elle crie : « Attends, regarde comme je meurs, regarde ! »

Comble de l'exhibitionnisme. Rien de plus intime à offrir en spectacle que sa mort. Et rien de plus vexant que de l'offrir à quelqu'un que cela n'intéresse pas.

*

Qu'est-ce que l'orgasme peut nous apprendre sur l'absolu ? Peut-il signifier quoi que ce soit ? Pourquoi les saints s'en sont-ils privés ? N'est-ce pas la chose qui ressemble le plus à une communication avec le ciel ? En ont-ils trouvé une autre ? Pourquoi l'épouvante prend-elle la forme d'un orgasme « négatif » ?

Ces fractures cataclysmiques dans le fonctionnement biologique posent la question d'un autre plan de l'existence, qui ne s'atteint que sur le mode du vertige. L'orgasme surgit du physique, et l'effroi, du psychique, et pourtant c'est le même saut dans le vide, fabuleux pour l'un, épouvantable pour l'autre.

Est-ce le signe de quoi que ce soit qui nous arrive réellement, un voyage, un saut, un contact avec un autre département du réel, ou bien est-ce un simple brouillage dans les circuits électriques du cerveau ?

Si je renonçais à l'un, est-ce que j'échapperais à l'autre ?

Forniquer est toujours grotesque d'un certain côté. Tout comme naître et mourir, digérer et respirer, tous ces numéros de viscères. Mais forniquer reste irremplaçable, car la raison y est réduite au silence, tapie dans un coin à observer la débâcle des sens, et cette débâcle est ce que nous désirons le plus au monde.

*

Liste des mots qui, d'après Cioran, semblent porteurs d'extase : musique, amour, poésie, mystique, mer.

★

Dieu est une illusion du cœur, tout comme le monde est une illusion de l'esprit. Pour dissiper les illusions, le maître zen conseille de faire un grand nettoyage mental, d'abord tout sortir sur le trottoir, et puis ne reprendre et conserver que ce qui est absolument nécessaire.

Pour gérer un appartement, c'est peut-être efficace. Pour la tête, c'est moins clair. On ne peut pas, par exemple, sortir l'idée qu'il faut tout sortir. Tout ce qui concerne l'esprit est plein d'impasses.

★

Voyez à quel point les animaux ne font *rien*. Entre les moments où ils mangent, dorment ou se reproduisent, ils restent assis tout simplement, comme la grenouille, jusqu'à ce qu'une nécessité se fasse sentir. Il n'y a que l'homme pour avoir éradiqué ces moments d'intense passivité. L'homme est un animal maladivement occupé.

★

Cioran : « Pour moi l'homme n'existe véritablement que quand il ne fait rien. Dès qu'il agit, dès qu'il se prépare à faire quelque chose, il devient une pitoyable créature[15]. » Les gens occupés sont privés du meilleur d'eux-mêmes. L'esprit qui pourrait être perché au sommet du mât se retrouve à ramer dans les soutes.

★

La tendance à l'autodestruction est caractéristique de tous les grands déçus de la vie. Mais est-ce parce que la vie ne vaut pas la peine d'être vécue, ou parce qu'ils sont incapables de lui trouver un charme que d'autres débusquent sans peine ? Déçus d'eux-mêmes, c'est pire encore.

★

Pourquoi l'émergence de l'esprit s'est-elle faite au prix de telles souffrances ? Pourquoi la conscience de soi est-elle automutilatrice ?

N'aurait-on pu imaginer une humanité qui s'éveille dans l'euphorie et qui goûte avec éblouissement aux plaisirs de l'esprit ? Non, il fallait que tout soit rance et pourri à la base. Autant de millions d'années d'évolution pour produire un animal écœuré de vivre.

★

Pour me consoler de la physique nucléaire, j'aime qu'il existe des gens capables d'écrire des livres entiers sur les fées.

★

J'ouvre le dictionnaire au mot « aporie » : (du grec *aporia* : difficulté) contradiction insurmontable dans un raisonnement.

Comment n'ai-je pas eu besoin plus tôt de ce mot ? Il me le faudrait tous les jours. Stupide dictionnaire, qui donne les définitions pour les mots qu'on ne connaît pas, et non les mots pour les définitions qu'on connaît. J'ai toujours baigné dans l'aporie.

★

Toutes les religions sont des sectes qui ont réussi, et toutes les sectes sont des religions ratées. Il n'y a aucune différence de nature entre orthodoxes et hérétiques, pas plus qu'entre dictateurs et révolutionnaires. Il n'y a que des folies dominantes et des folies confidentielles.

★

Le sage accepte l'idée de la mort au point de pouvoir s'appuyer sur elle pour calmer son esprit et ordonner sa vie.

Prendre le gouffre comme point d'appui, je ne peux pas imaginer de proposition plus audacieuse. Et plus impraticable.

★

Cioran, lui, se borne à observer : « Quel que soit votre degré de culture, si vous ne réfléchissez pas intensément à la mort, vous n'êtes qu'un pauvre type[16]. » Ce qui n'implique nullement que le sentiment de la mort aide à vivre. Au contraire. On sait combien il est le philosophe le moins apaisé qui soit.

★

Pensait-il trouver les fondements d'une hiérarchie spirituelle dans l'acuité du sentiment de la mort ? Voilà autant de cyniques et de suicidaires promus au rang d'aristocrates du genre humain.

★

Pour le sorcier yaqui, la mort est notre maître à tous, et en même temps, il ne faut pas s'en soucier. Une attention excessive à la mort conduit au repli sur soi et à l'affaiblissement. Quand on s'est dégagé des soucis de la vie en fixant la mort qui nous suit comme une voiture aux phares allumés, il faut ensuite détacher son regard de l'engin et rouler en toute liberté.

★

Voilà où le bât blesse pour Cioran. La mort le détache de tout, sauf de la mort. Son pouvoir de décollement est ce qui la rend collante à l'extrême, et il se retrouve rivé au rétroviseur, absorbé dans une fascination sans échappatoire. Pour aller de l'obsession à l'indifférence, pour éteindre les phares de cette voiture qui sera toujours là, par quel chas d'aiguille faut-il passer ?

★

Être attaché, cela part des gestes et finit par englober la pensée. Considérez un paysan fixé à la terre par son travail, année après année. Un jour, il est trop fatigué pour continuer, et sa pensée, au lieu de prendre le large, reste là à piétiner, timorée et inquiète, autour de la seule chose qu'il ait jamais faite : planter des pommes de terre

À la place de « planter des pommes de terre », chacun mettra la variante qui le concerne : vendre des assurances, emballer des biscuits, équilibrer le budget de l'État, toiletter des chiens, écrire des livres…

★

Quelques fois dans ma vie, j'ai pu passer du temps à ne rien faire. Incluse dans aucune structure, rattachée à aucun groupe. Je flottais comme une note égarée en marge de la partition, passant tout mon temps à observer comment les autres gaspillaient le leur, voyant la tension horaire sur les visages, le souci tonal dans les voix, la cadence militaire dans les chaussures. Restant immobile et assistant au défilé, la pensée en roue libre. Puis je remettais le pied sur une portée et j'étais à nouveau prise dans une mélodie que nous chantions tous en chœur.

★

Il y a une énorme faute de jugement à se laisser conduire par ce qui nous occupe.

★

La manie de se raconter des histoires en continu vise à rendre le monde moins effrayant et plus contrôlable. L'exploit va jusqu'à le vider de son mystère et nous vieillissons blasés. Blasés ! Comme si c'était possible. Le sorcier, lui, « traite le monde comme un mystère infini, et ce que les gens font comme une folie sans bornes[17] ».

★

Toutes ces pensées me séduisent beaucoup plus que les jérémiades de Cioran. Et pourtant, elles résonnent comme un appel dans le lointain, entaché d'une sérénité suspecte. Comme la mécanique bien huilée d'un engin qui ne m'est rien. Alors que lui… je reconnais chaque nuance de sa détresse.

★

Après les sages et les sorciers, je suis retournée consulter *L'Extase matérielle* de Le Clézio. Il avait l'art de nommer le néant. Mais il a malheureusement cédé au grand lyrisme de la mort. « Lorsque mon être se dissoudra, lorsque mon unité précaire explosera, je commencerai enfin à pénétrer la nature impénétrable. Tout ce que je n'avais pas su, tout ce que je n'avais pas imaginé, tout ce que je ne pouvais seulement concevoir, me sera donné, ainsi, sans intermédiaire, en dehors de l'intelligence. Lorsque je cesserai d'être un, je deviendrai un, et lorsque je ne pourrai plus savoir, je baignerai dans l'immense, l'ineffable océan de la connaissance[18]. »

Non. Vraiment. Pirouette d'un paradoxe qui ne résout rien du tout. Aporie considérable.

★

On appelle sages, ou maîtres, ou gourous ceux qui délivrent un discours rassurant et seulement ceux-là. Nul ne voudrait suivre celui qui inquiète et plonge dans l'épouvante. Les désespérés qui crient leur détresse ne recrutent pas d'élèves. Mais qu'un prophète se lève et dise : « Quand la Terre revendiquera vos membres, c'est alors que véritablement vous danserez[19] », et des foules d'effrayés se pressent pour l'acclamer parce qu'elles préfèrent une belle histoire à une ignoble évidence.

L'homme veut des histoires et des contes à dormir debout pour oublier le vide qui l'étouffe. Que les somnambules qui m'entourent se bercent d'illusions ne m'aide en rien à me trouver fière. Moi aussi, je préférerais dormir, mais aucun somnifère ne m'atteint, autant boire de l'eau.

⋆

Frères en désespoir, qui, parmi vous, résistera à la tentation de cajoler la mort ? Doucereux, vous pouvez l'être tant que vous voulez, vous savez bien que l'issue est la même. Le clapet pour tout le monde.

⋆

Horreur de se résigner uniquement parce que l'on ne peut rien faire d'autre et, pire encore, d'y mettre des formes poétiques. Cioran, le bougre, est le seul qui n'a jamais trafiqué sa détresse. Le seul qui n'ait pas fait semblant d'amadouer la mort pour le cas où elle s'en soucierait. Il a crié au secours d'un bout à l'autre de sa vie. Sans penser un instant qu'un secours viendrait.

⋆

Je préfère être sûre de mon épouvante plutôt que douter de ma tranquillité.

⋆

Nous mourrons tous comme des enfants. Exactement comme des enfants qui ne savent pas ce qui se passe. Un jour naître, un jour parler, un jour rire, un jour aimer, un jour mourir. Tout cela nous prend, de l'extérieur, sans que nous choisissions ni le lieu ni l'instant, et nous ne faisons que marcher dans le noir en écarquillant les yeux pour rien. Quand c'est mourir, c'est mourir, mais qu'est-ce que ça veut dire ? T'occupe. Mourir, c'est tout. Vas-y, c'est à toi. Clac.

★

Cioran déteste la résignation de tous ceux qui « s'abaissent à la sagesse » et « s'accommodent du monde, rien de plus[20] ».

Ses héros, ce sont tous les rebelles et les trouble-fête, ceux qui crachent leur haine et leur mépris à la face du ciel. Toute forme d'acceptation est une compromission, une lâcheté, une dégradation au rang d'inanimé. Si l'homme n'a qu'une dignité, c'est celle de refuser son sort, jour après jour, même si et justement parce qu'il ne peut s'y soustraire.

★

J'ai une prédilection pour les histoires qui se terminent en queue de poisson. Les fins savamment orchestrées ont toujours un goût frelaté.

★

Devant toutes les productions humaines : trop cohérent pour être honnête.

★

Ils nous disent que l'éternité, c'est ici et maintenant, dans la profondeur de chaque instant. Sont-ils bêtes à ce point ? Dire qu'il faut renoncer à l'éternité et se contenter de l'instant présent, soit, mais se raconter des bobards, est-ce nécessaire ?

★

Maintenant que plus personne ne croit au paradis, on doit bien trouver des expédients pour remettre un peu de transcendance quelque part. Mais cela suppose autant de naïveté qu'avant.

★

En ouvrant le dictionnaire pour chercher le mot « acédie », cher à Cioran, mais qui ne s'y trouve pas, je tombe sur le mot accouchement, qui commence par la dilatation du col de l'utérus, se poursuit par l'expulsion de l'enfant et se termine par celle du placenta. Une belle façon d'entretenir l'idée qu'en venant au monde nous sommes chassés de quelque part. Si le corps est expulsé, on a envie d'étendre l'image à l'esprit. Et de là à penser que nous aspirons à retourner là-bas, il n'y a qu'un pas, que très peu ont refusé de franchir. Pourtant, ce n'est pas parce qu'il est dommage de naître qu'il est joyeux de mourir.

★

Plus fort que le duel avec les yeux du chat, il y a le duel avec mes propres yeux dans le miroir. Au lieu du mur énigmatique qui m'effrayait chez l'animal, ou des paysages bigarrés qui me distraient chez mes contemporains, je plonge ici dans un puits sans fond, une béance glacée, un vide absolu. C'est un endroit de l'Univers qui s'effondre sur lui-même, petit et parfait trou noir à usage personnel.

★

La mort est peut-être un bon conseiller pour vivre, mais elle n'aide pas beaucoup pour mourir.

★

Elle a l'éternité pour elle, et cela lui suffit. Elle nous laisse le plaisir facile du pied de nez, qui trouve toujours des amateurs pour aller cracher sur les tombes, les uns après les autres, les uns sur les autres.

★

Les contradictions de l'Univers sont telles qu'il n'aurait jamais dû pouvoir arriver à l'existence. Tout cela devrait craquer à chaque instant sous la pression de l'impossible. À l'âne docile qui énonce : « Si cela existe, c'est donc que cela était possible », je réponds : « Vous faites erreur, cela existe tout en étant rigoureusement impossible. »

★

Chercher dans la société une motivation aux actes individuels, autant vouloir échouer cent fois plutôt qu'une. La société, juxtaposition de désarrois isolés, en quoi peut-elle leur donner un sens ? Je n'ai pas plus d'énergie pour sauver la ville que pour me sauver moi-même.

★

Si l'on comprend intensément que les grandes interrogations métaphysiques n'ont pas plus d'importance que la couleur d'un chapeau, on n'aura plus le cœur de s'y complaire, mais pas non plus celui d'en revenir aux chapeaux. On se sera *évaporé* entre les deux, désagrégé par manque de liant.

★

Beaucoup de gens pensent encore que l'histoire va quelque part, comme si un destin en eau de boudin n'était pas digne d'eux.

★

Entre l'euphorie inexplicable et le désespoir indécrottable, certains peuvent se trouver écartelés. Ainsi Cioran, « la passion de l'absolu dans une âme sceptique[21] ».

★

Quand je vois les fadaises que l'on sert aux âmes inquiètes, j'ai envie d'ouvrir un séminaire sur le thème de la mort. Mon slogan : « Vous avez peur ? Venez ici, vous serez terrorisés. »

★

Trouver les mots qu'il faut pour supporter sa condition, est-ce cela la liberté, est-ce cela toute l'œuvre de l'esprit ? Si c'est pour se résigner, il ne faut pas tant de mots. Un gémissement suffira.

★

J'enrage contre Le Clézio et sa conclusion fadasse. Même lui se met à mâchouiller des mots de réconfort ? J'estime qu'il a des comptes à me rendre.

★

Cioran ose des contresens délicieux. « Qui pourrait supporter la vie, si elle était réelle[22] ? »

Manière élégante, fulgurante de nous ouvrir les yeux, tout en nous offrant un pare-soleil de fortune.

★

Contempler quotidiennement sa propre mort est un supplice cuisant. Mais contempler les autres qui n'en ont cure est une autre forme de torture. On ne peut s'empêcher de les plaindre et de les envier à la fois, on hait cette injustice qui nous a coupés d'eux. Ils nous semblent si étrangers, quant au sentiment de la mort, que nous nous sentons encore plus seuls pour le porter, comme si les autres étaient finalement aussi immortels qu'ils semblent le croire.

★

Sans aller jusqu'aux fables des gourous, Cioran cède parfois à la tentation de l'image poétique. « Dans le vague du désert, le tombeau est une oasis, un lieu et un soutien. On creuse son trou pour avoir un point fixe dans l'espace. Et on meurt pour ne pas s'égarer[23]. »

N'est-ce pas une si belle formulation que l'on voudrait aller s'étendre et mourir ? Mais il s'agit d'une petite manœuvre pour détendre l'atmosphère. Que celui qui n'a jamais plaisanté creuse le premier.

★

Pour couper court aux questions sans réponses, les bouddhistes ont recours au principe de l'« ainséité », bien connu des éducateurs aux prises avec des enfants trop curieux, principe qui affirme simplement que « c'est comme ça ».

★

Nous tenons pour réel ce que nous avons appris à nous répéter sans cesse au sujet du monde et au sujet de nous-mêmes. Notre fiction personnelle devient LA réalité, qui va de soi, et non une simple histoire comme beaucoup d'autres histoires que l'on pourrait se raconter.

★

Pour le sorcier yaqui nous avons le choix : « Ou bien nous prenons tout comme allant de soi, comme réel, et nous parvenons à l'ennui mortel, du monde et de nous-mêmes, ou bien nous adoptons le point de vue contraire et nous créons le brouillard autour de nous. C'est une situation supérieure et passionnante ; personne ne sait d'où va sortir le lapin, pas même nous[24]. »

★

Tout au cours de son initiation, Carlo Castaneda exulte, parce qu'il n'arrive pas à déterminer si ce sorcier est un homme profond et impénétrable, ou s'il déconne complètement.

★

J'aime beaucoup cette morale du lapin, bien supérieure à celle de la grenouille. J'ai déjà vu surgir de très beaux lapins dans ma vie. Mais il y en a un que je n'ai pas encore croisé, c'est le lapin qui grignote la mort, inconnu au bataillon.

★

En revanche, il y a un lapin qui apparaît immanquablement à la fin de toute histoire, c'est le renard.

★

Cette phrase va beaucoup m'aider dans la vie : un guerrier agit « comme s'il savait ce qu'il fallait faire, alors qu'en réalité il n'en savait rien[25] ».

★

Faire *comme s'il* importait de vivre, *comme si* on était libre, *comme si* on savait ce qu'il fallait faire… Décidément, ce qui nous manque, il suffit de le postuler, et le tour est joué. Soulevons-nous en tirant sur notre chaise.

★

Il me vient soudain cette vision : pris dans les soubresauts de la mort, par noyade, ou arrêt cardiaque, ou que sais-je, il y aurait moyen de ne pas lutter mais de profiter avec curiosité de ces sensations inédites. Jouir de sa mort. Projet sauvage et beau. Roi des lapins.

★

Si je peux décréter *délibérément* que je sais ce que je dois faire, alors il s'agira de faire ce que je ne sais pas encore faire. La répétition est fastidieuse. Pour ne pas m'endormir, j'irai toujours voir *ailleurs*.

★

Bien plus proche de Cioran que des sages, le sorcier n'escamote pas la terreur.

★

La somme d'efforts que l'on consacre à se saboter soi-même…

★

Nous cherchons une explication.
Au lieu d'admirer le lapin.

★

Une pensée qui n'a pas peur du non-sens va nécessairement plus loin qu'une pensée logique. C'est le cas chez ce moine tibétain qui est venu faire une causerie ce soir. Le petit homme en robe moutarde rit volontiers en oscillant comme un ressort, ou bien laisse planer de longs silences entre ses phrases. Comme pour me faire plaisir, il parle beaucoup de la mort. Que chacun vit comme si elle n'était pas pour lui. Qu'on meurt exactement comme on a vécu, en passant à côté de tout ou bien en visant juste. Il utilise une image pour Occidentaux : la mort, c'est l'addition à la fin d'un repas au restaurant. Maigre ou salée, elle n'a rien d'étonnant. Seules deux choses comptent à ce moment : comment nous avons vécu, et l'état d'esprit où nous sommes. Ceci dépend d'ailleurs de cela. Et comment nous avons vécu, cela ne vaut que si nous avons vécu avec la pensée de la mort. Car, ici encore, la mort est un maître, elle nous apprend à vivre, non pas en nous rendant morbides et déprimés, mais au contraire en nous libérant de tout ce qui n'est pas important, c'est-à-dire tout.

Il rappelle que chacun de nos actes est peut-être le dernier, qu'il faut en être conscient, qu'il faut être prêt. Lui-même, s'il devait mourir ce soir, n'y verrait pas d'inconvénient. Il est prêt et n'a pas peur. Mais il ajoute : « Quand j'oublie, quand je me laisse distraire, j'ai peur aussi. »

Voilà qu'apparaît une faille. La sagesse, je croyais que ça marchait tout le temps. J'apprends maintenant que ça marche seulement si on y pense.

D'où la méditation. La méditation est le moyen de rester en contact avec la sagesse, une répétition inlassable du refus de se laisser prendre dans le courant. Ce n'est qu'un moyen parmi d'autres. Il consiste simplement à ne pas *faire* quelque chose (pour les humains cela implique un renoncement, contrairement à la grenouille), et se contenter d'exister. Simplement exister. Sans plus.

Est-ce que cela va nous aider à mourir, sans plus ?

Il dit : mourir c'est facile. Vous expirez. Puis vous n'inspirez plus. Et c'est fait. Exister-cesser d'exister, c'est l'impermanence, il n'y a rien qui ne soit soumis à cette loi.

Mais pourquoi les choses sont-elles impermanentes ? Si vous vivez vraiment avec votre mort, si vous comprenez l'impermanence de l'intérieur, vous trouverez la réponse ultime : les choses sont impermanentes parce que c'est ainsi. Triomphe de l'ainséité. Courage d'une philosophie qui ne masque pas le non-sens, et n'invente pas d'histoires à dormir debout. Qui au lieu de vous hypnotiser vous éveille. Et qui voudrait rendre la vérité regardable. L'impossibilité de comprendre devient ici la clé de voûte d'une pratique de vie sereine. Mais, ce soir, le sage lui-même a reconnu que, lorsqu'il oubliait, il avait peur aussi. Renverser l'effroi est une manœuvre artificielle et nécessite un effort permanent. Je ne peux pas m'empêcher de trouver suspectes ces contorsions mentales. Quelqu'un tenu de manger un plat qu'il déteste peut essayer de voir les choses positivement : changer de point de vue, saisir une occasion de progresser, etc., mais, chaque fois qu'il oublie cette disposition d'esprit volontaire, il est repris d'une irrépressible nausée.

Malheureusement, je ne vois autour de moi que des sages qui ne doutent de rien, et qui sont dérangés, ou bien des sages qui doutent, et qui ne sont pas plus sages que moi.

⋆

L'amour, la générosité, l'altruisme, ne sont pas les principes qui dominent les rapports humains, loin s'en faut. Néanmoins, ils existent. Petites bulles hésitantes dans un océan de fureur, ils montrent que tout n'est pas toujours à jeter. Ces aperçus furtifs nous font supporter la vie, mais soulignent en même temps l'horreur dans laquelle nous baignons, sans que la douceur ne progresse jamais.

★

Tous les moments où les animaux ne font rien, ils sont ce que le moine bouddhiste recommande : pure existence. Quel drôle d'idéal est-ce là ?

★

Ce matin, mon père parlait de la stupéfaction de voir mourir quelqu'un. De guetter le mouvement de l'air qui rentre et qui sort de plus en plus difficilement, qui finalement ne rentre plus. Et la personne a cessé d'être une personne. C'est devenu une chose qu'on recouvre d'une bâche et qu'on emporte. Une chose, comme une pomme, ou un poisson mort dans le frigo. Une chose à déblayer avant sa pourriture, parce que ça va puer.

★

Pourquoi il est plus facile de faire n'importe quoi que de ne rien faire : parce que nous fuyons les leçons d'insignifiance. Nous nous réfugions sous le couvert des actes, des paroles et des choses. Vivre à nu ? Impossible.

★

Cioran ne prête pas grand crédit au paradoxe : « Il ne peut servir que d'ornement à l'irréparable[26]. » Mais la faute n'est pas dans le paradoxe, elle est dans l'irréparable, dont rien ne s'approche mieux que le paradoxe.

★

Tout ce que j'ai pu accumuler de force, de sagesse ou d'ironie dans une journée, chaque nuit le pulvérise en un tour de main.

★

Pour lui, toute la philosophie n'est qu'une viande froide. Elle se perche dans la réflexion prétentieuse, sans jamais toucher la pâte humaine, toute en viscères et tremblements.

★

Platon, Hegel et les autres n'ont même pas effleuré le problème. Ils ont fait des pâtés de sable.

★

Lorsque vous êtes soudain pénétré du sentiment d'être abandonné sur la Terre, vous vous retrouvez aussi désemparé dans vos meubles que dans un désert hostile.

★

Malgré tout ce que nous savons de la vie, il arrive encore des moments où nous avons envie de vivre.

★

En dehors des crises d'effroi, il me faut faire un effort pour me souvenir que je ne suis pas une brique, et présenter une réaction aux événements.

★

Impossible de me résoudre à penser qu'il se souciait tellement des courants d'air.

★

Je n'attends plus de réponses, mais il m'arrive encore d'espérer trouver un répondant, fût-ce parmi mes contemporains.

★

La cruauté est une tentation philosophique. Mais, si loin qu'on aille dans cette direction, on n'ira pas au-delà. Il n'y a pas de basculement à attendre. Tout est égal, en petit comme en grand. On peut donc aussi bien économiser le passage à l'acte.

★

Maintenant qu'il est mort, l'obsédé de la mort, quel statut prennent toutes ces lignes où s'étale sa torture ? Ce refus de mourir clamé sur tous les tons, est-ce qu'on peut encore le lire sans rire ?

★

A-t-il vraiment « déversé des pleurs secrets sur le sein des femmes perdues dans de vieux hôtels[27] » ? A-t-il cherché cette intimité immédiate que l'on trouve sur les trottoirs ? À celui pour qui tout est faux, la fausseté affirmée sonne plus juste. Il a peut-être été plus vrai avec elles qu'avec nous.

⋆

Sérieusement, qui voulez-vous qui vous aide ?

⋆

Indécence de lire ce que des gens ont écrit dans l'ignorance de ce qui les attendait (tout ce qui s'est écrit). Contempler les projets, les espoirs et les doutes de ceux dont on connaît la fin, c'est lire un courrier qui ne s'adresse pas à vous. Ce qu'on écrit est toujours annulé par ce qu'on vit ensuite, qui vous fera écrire autre chose. Pourquoi garder les écrits et les photos, si l'on ne garde pas les excréments ni le linge ?

⋆

Aucun roi n'atteint la majesté du mendiant. Une majesté dont il n'est même pas responsable – simple instrument qu'utilise la souffrance pour nous donner à voir sa splendeur. Passer sa vie à contempler les victimes, visage après visage, pour voir toujours la même chose dans leurs yeux, cet homme infiniment traqué qu'aucun déguisement ne protège.

⋆

Si ma mère parlait de se retrouver là-haut, c'était pour rassurer Eugénie, qui avait peur, et elle-même, à qui la peur de l'autre faisait peur. Trivialité de l'espoir, dans lequel on veut s'enfoncer comme dans l'anesthésie, quitte à se faire les piqûres soi-même.

⋆

Cioran évoque « ces sensations de vide qui rapprochent parfois le mystique de l'imbécillité[28] ». Terrible lueur jetée sur les sages. S'il s'agit de revenir au calme des grenouilles, que reste-t-il d'humain dans l'homme ?

Pour éviter de tourner en rond, on invoquera l'image de la spirale. Choisir d'être une grenouille n'est pas tout à fait être une grenouille. On se place un cran plus haut. Grenouille, oui, mais fière de l'être ! Et c'est déjà loupé, car revoilà l'ego misérable.

Il faudra prendre, et la grenouille, et l'imbécillité.

★

Il y a plus de ressources poétiques dans les ordures que dans tous les musées du monde.

★

Attachement et détachement sont les extrêmes d'un même désir de positionnement par rapport au réel. Ce qui reste à conquérir, c'est le renoncement à toute position. Se détacher du détachement ?

★

On est *toujours* présomptueux.

★

Si on nous avait épargné les couplets de la morale, à l'école, à la maison, au travail, nous serions peut-être intrigués ou tentés par les beaux sentiments. Mais, puisque c'est la turpitude qu'on nous cache, quoi d'étonnant à ce que nous nous y intéressions ?

★

Il est facile de constater que le bonheur est impossible sur le plan pratique. Le bonheur n'est pas une occupation durable, c'est un concept théorique. Le malheur, lui, est notre véritable élément, et nous ne sommes pas stupides au point de nous en priver.

★

Malade, on se prend à sanctifier la vie et on exhorte les bien portants à doubler leur mise, car ils ne connaissent pas leur bonheur. Rétabli, on comprend que ce bonheur était une illusion d'optique, car on est toujours aussi mal dans sa peau, et de manière bien plus insupportable, puisqu'il n'y a pas de guérison à espérer.

★

Est-il si difficile d'imaginer que la vie surgisse de la matière à partir d'un certain niveau de complexité, et, de la même façon, la conscience à partir de la vie qui s'est sophistiquée ? La matière elle-même a bien surgi d'un vide quantique qui se serait « organisé ». Matière, vie, esprit, ces choses plus qu'improbables émergent les unes après les autres. Combien de lapins encore dans le chapeau ?

⋆

Il faudrait pouvoir exister avec moins de virulence.

⋆

Pourquoi refuser obstinément l'évidence du néant ? Nous sommes quelque chose à la condition de retourner au néant, comme Cendrillon le soir du bal.

Hélas, le bal n'est donné par personne, et il n'y aura pas de pantoufle pour nous rappeler à la vie.

⋆

Dans un monde raté, qui pourrait se vanter d'une vie réussie ?

⋆

Cioran voudrait parfois se noyer dans la chair comme on se noie dans l'alcool. Désir impulsif de saisir un bonheur factice qui vaut toujours mieux que le désert absolu. La perdition est une forme douce de suicide, une démission voluptueuse de l'esprit.

⋆

Impression misérable quand on s'essaye à parler de soi à quelqu'un qui lui aussi s'épanche. Pauvres confidences. Risible importance. Même potage que les conversations qui se tiennent aux tables voisines.

⋆

Cioran : « N'est-il pas des instants d'amour à côté desquels la mort semble une simple effronterie[29] ? » Et *vice versa*, tant ces deux choses jouent à s'occulter l'une l'autre en réquisitionnant tour à tour notre esprit.

⋆

Qu'il y ait des hommes pour être fiers d'eux-mêmes, d'autres pour se ronger de honte, et d'autres encore pour vivre comme des vaches – un des multiples visages de l'inégalité.

★

Tous ceux qui ont un peu réfléchi dans leur vie ont pensé au suicide. Il ne peut pas en être autrement.

★

Il a eu au moins une naïveté : de s'interroger sur la nature de la femme, tour à tour vulgaire, sainte, mystérieuse ou charnelle, comme si elle contenait un principe métaphysique propre qui tire l'homme perdu de sa torpeur. Étrange et puéril intérêt, teinté de mythologie de bazar.

★

Il songe à s'adresser à « l'agent de police du coin pour lui demander si le monde existe ou non[30]... ». Cette boutade n'en est pas une. Aucun agent de police ne sait si le monde existe. Personne, absolument personne n'a une once de certitude de plus que quiconque, à moins qu'il ne se l'invente lui-même.

★

Si les poils continuent vraiment à pousser après la mort, la pauvre Eugénie, barbue devant saint Pierre...

★

Dans un musée, une parure en or recouvre la dépouille d'un bébé. Je me laisse aller à un « Oh, comme c'est triste ! ». Tom rétorque : « De toute façon, maintenant il serait mort. »

C'est exactement ce que j'ai voulu décrire plus haut, ce délai, pas plus long qu'une vie d'homme, au bout duquel la façon d'être mort ne compte plus.

Fernande aussi, de toute façon, aujourd'hui, elle serait morte.

★

Cioran a réussi à ne parler que de lui tout en restant le prince de la pudeur.

★

Qui peut-on qualifier de premier homme ? Celui qui a utilisé le feu ? Celui qui a utilisé l'outil ? Celui qui a utilisé le signe ? Ou celui qui a crevé de solitude ?

★

Vivre dans l'état d'esprit où il a vécu, cela revient à *diluer* son suicide sur toute une vie.

★

Il faudrait abandonner chaque histoire d'amour sur le seuil. Ceux qui décident d'aller plus loin piétinent la seule grimace d'absolu qui leur était offerte.

★

Considérant que le néant nous a précédés si longtemps, et que la mort nous succédera si longtemps, pourquoi ne pas profiter de cette petite éclaircie pour faire *justement* autre chose que de se consacrer au vide ? La débauche, le banditisme ou la folie me semblent des réactions plus saines que l'empressement bouddhiste à cultiver la vacuité.

★

Se dissoudre en molécules libres n'est qu'un retour à la norme. Le chaos nous reprend après nos pirouettes. La mort n'est rien d'original.

Mais vivre, quelle étrange récréation de la matière !

★

Je ne vois que deux catégories d'hommes. Ceux que la mort prend par surprise, et ceux qui la mastiquent toute leur vie.

★

Aller trouver une consolation à l'existence… Tous les sages et les saints de l'histoire sont des gagne-petit !

★

Un vieil homme veille la dépouille de sa femme. Elle repose dans un pauvre cercueil posé sur deux chaises. Une bande de gaze lui entoure le crâne, passant sous le menton pour maintenir la mâchoire fermée. L'homme est assis à côté, en beau costume, un coude posé sur le coin du cercueil. Leur vie fut peut-être la plus terne qui soit, mais ce moment où l'un veille la mort de l'autre les rend grandioses.

★

Aimer la vie parce qu'on lui trouve un sens, c'est un lien conditionnel. Mais l'aimer alors qu'on sait qu'elle n'en a pas, voilà la véritable bravoure.

★

À quoi joue-t-il quand il s'adresse à Dieu ? Il fait comprendre qu'il ne peut s'adresser à aucun d'entre nous. Ce qui n'existe pas est un meilleur interlocuteur que ce qui existe trop peu.

★

Le désespoir ressemble à un chantage d'enfant qui voudrait faire plier le destin : « Si ça continue comme ça, je vous préviens, je vais couler, et toute ma vie n'aura servi à rien ! » Mais l'ultimatum se perd dans le vide. Nos lamentations n'émeuvent personne, et le désespoir fait long feu, exactement comme tout le reste.

★

Au beau milieu de mes pensées macabres, je vois passer une voiture avec un sapin ficelé sur le toit comme un rôti de porc. Un frisson de tendresse me parcourt l'échine pour ces braves gens qui se proposent de fêter Noël. Je trouve cela aussi touchant que la danse de la pluie des Peaux-Rouges ou les peintures corporelles des aborigènes.

★

Toutes les formes de vie végétales et animales restent étroitement liées à la matière, comme des formes qui se soulèvent puis s'aplatissent sans se détacher du sol.

L'homme, en prenant conscience de lui-même, a rompu ce lien, et flotte comme une bulle de savon, persuadé d'être radicalement distinct de l'Univers. Jusqu'à ce que la bulle éclate.

★

Vingt-six ans après sa disparition, on retrouve au fond d'un puits les restes d'un homme que sa famille espérait revoir vivant. Après avoir conservé l'image d'un être de chair pendant tout ce temps, il a fallu y substituer ce ramassis d'os, choc brutal. Quand un proche vient de mourir, on voit encore son corps intact, puis on s'habitue lentement à l'idée qu'il n'en reste plus rien de reconnaissable. Mais espérer quelqu'un vivant et tomber sur un reste de fémur, la transition est violente…

★

« Quelqu'un m'excusera-t-il d'avoir *été*[31] ? », demande Cioran. Désarroi de celui qui n'a jamais « voulu ça », mais qui s'y trouve précipité, obligé de participer à l'abjection, tenu de s'empêtrer dans l'existence et de faire des dégâts malgré lui.

★

Jetés « d'autorité » dans le monde, nous n'avons cependant nulle autorité contre laquelle protester. C'est n'avoir ni le leurre ni l'argent du leurre.

★

Je revois encore la scène. Ce cercueil bringuebalant sur des roulettes, et nous trottinant derrière. Aucune allure.

★

La capacité de souffrance de l'homme est la seule chose qui nous donne une idée concrète de l'infini.

★

Ce n'est pas que le néant s'amenuise, c'est qu'au bout d'un temps le corps ne peut plus le supporter et flanche.

★

Celui qui tue un homme de ses mains se place aussi près qu'il le peut de la mort. Installé aux premières loges, il ne voit pas mieux pour autant. Aurait-il égorgé tous ses frères un par un, vu leur dernier regard révulsé, il serait toujours aussi loin de sa propre mort, toujours aussi vierge devant elle. Il se peut toutefois qu'il préfère son spectacle réel à une forme d'obsession abstraite qui rend fou.

★

Certaines menaces sont tellement difficiles à supporter que l'on préfère se précipiter dans le drame pour ne plus vivre dans sa hantise. On peut rompre un amour pour ne plus redouter de le perdre, provoquer l'accident pour ne plus vivre dans son imminence, se suicider parce qu'on ne supporte plus la peur de mourir.

★

Les récriminations viennent de ceux qui estiment avoir moins que ce qu'ils devraient avoir. L'instinct des catastrophes, lui, accable ceux qui voient ce à quoi ils échappent et qui n'en dorment plus, tant cette absence de malheur leur apparaît provisoire.

★

Une amie de Cioran se souvient de cette formulation :
« Il fait doux. Il ne pleut *même* pas. Prenons un autre café[32]. »
Ainsi appréciait-il la vie quotidienne, comme une temporisation de la catastrophe.

Nous ne sommes même pas morts.

★

On peut regretter de ne pas avoir été plus bête, plus frivole et plus naïf, car on pourrait mieux savourer l'orgueil et l'amertume d'en être sorti.

★

Le bonheur aigu fait hurler de douleur, comme un glaçon sur une brûlure.

★

Pour le sorcier, il faut « équilibrer la terreur d'être un homme avec la merveille d'être un homme[33] ». Pour Cioran, « le fait d'être homme est à la fois si important et si nul que seule le rend supportable l'immense souffrance contenue dans cette décision[34] ». Ceux qui n'ont pas résisté à cette tension ont explosé sans même prendre le temps de nous émouvoir.

*

Si les hommes comprenaient un jour qu'il n'y a rien à attendre de l'histoire, peut-être l'histoire prendrait-elle enfin figure humaine.

*

Un homme bien adapté à l'existence ne peut pas se distinguer. Il aura toujours trop de choses à organiser, qui l'empêcheront de regarder le monde. Or il n'y a d'autre originalité pour l'homme que l'originalité de son regard.

*

Ce que nous savons nous épuise tellement, nous tire tant de larmes et de désespoir que parfois nous préférons semer notre raison, lui fausser compagnie pour nous accorder un semblant de récréation. Pendant une heure, rien qu'une heure, « faire comme si » tout cela n'était qu'un mauvais rêve, déchirer le voile du malheur et découvrir le soleil radieux d'une belle chimère. Nous y jeter en sanglotant de gratitude, baiser les pieds de l'idole, nous offrir à toutes les mascarades, prier, chanter, danser, et qu'enfin nous soyons délivré de ce fardeau trop grand pour nous. Il faudra bien le reprendre sur nos épaules, mais nous aurons eu un inégalable moment de bêtise pure à savourer.

*

Discuter avec quelqu'un qui ne connaît pas le sentiment de la mort, autant tchatcher avec un cormoran ou une belette. Il m'est aussi distant qu'un homme peut l'être, et certainement plus qu'un fou.

*

Refuser tout et gémir que rien ne vaut la peine, vous voyez bien que ce n'est pas seulement désespérer, c'est d'abord avoir désespéré. On houspille le manque d'enthousiasme des nihilistes, alors que c'est précisément ce dont ils étaient le mieux pourvus, au point que rien ne s'est montré à la hauteur.

*

Cioran utilise l'image du naufragé qui se détournerait du rivage pour retourner vers les vagues. Dans la mesure où toute joie est une fausse joie, il vaut mieux s'épargner de tomber dans le panneau et se maintenir en bordure de suicide comme seul endroit respirable.

★

Chez les bouddhistes, la vigilance est une discipline enviable, ce vers quoi il faut sans cesse revenir. Pour Cioran, elle est une malédiction accablante qu'il faudrait fuir par tous les moyens.

★

Lorsque les plaisirs sont devenus inaccessibles pour cause de lucidité, on ne peut que les regretter et les dédaigner dans le même temps. Notre naïveté était une erreur, mais quelle erreur agréable, et comme elle nous protégeait bien. Maintenant, nous assistons de l'extérieur, comme derrière une vitre, au ballet de nos semblables, pour lesquels notre mépris s'épaissit à mesure que nous constatons combien ils sont à l'aise dans l'existence.

★

Au fur et à mesure que l'on explore le vide essentiel de l'existence, il devient de plus en plus difficile d'aimer, c'est-à-dire faire l'effort de se rendre présentable.

Il faudrait être curieux de l'autre, il faudrait se raconter, il faudrait chercher des points de concordance, il faudrait avoir faim de chair, il faudrait échafauder des projets, il faudrait se lancer dans l'action. Rien que d'y penser, on laisse tomber les bras. Que les naïfs s'amourachent entre eux. Nous ne nous en sentons plus la force.

★

Nous payons cher la candeur de nos aïeux. Ils ont pris plus que leur part d'illusions en imaginant des lendemains qui chantent, allant jusqu'à se sacrifier pour la cause. Maintenant, nous sommes là avec leurs cadavres et des lendemains pourris, sans le secours de la naïveté qu'ils nous ont volée, à la fois désabusés et désœuvrés car tout est épuisé.

⋆

Un amant bien ancré dans l'existence, pragmatique et à mille lieues de mon épouvante me donne l'impression de faire l'amour avec une chaise ou une calculatrice. Je n'ai rien à partager avec quelqu'un qui ne réside pas au même sous-sol que moi. Je commence seulement à m'oublier un peu dans les bras de quelqu'un qui ne sait pas non plus quelle heure il est.

⋆

Mes parents sont allés au cimetière le surlendemain de l'enterrement, pour voir si tout était en ordre. Ce l'était : rebouché, recouvert, nettoyé, impeccable. Comme si elle était là depuis toujours.

⋆

Si un jour je me sens mieux, je serai contente de retrouver les échos de mes vieux désespoirs pour en rire et me féliciter de cette guérison inespérée, exactement comme un paralytique miraculé garderait sa chaise roulante au milieu du salon pour mieux jouir de ses jambes.

⋆

Dans nos efforts pour trouver des réponses, nous avons créé quelques espaces de sens attachés à quelques postulats, eux-mêmes arbitraires. Des halos de lumière autour de petites loupiotes, religions, sciences ou philosophies évoluant comme des bulles à la dérive dans le vide de l'esprit. L'horizon de l'effroi, lui, reste immaculé.

Il y a le néant, il y a nos babioles, et aucun point de contact entre ces deux ordres de phénomènes.

⋆

Croiser des gens dans la rue et se dire chaque fois : « Encore un qui ne veut pas mourir et qui y passera quand même. »

⋆

Cioran parle de son « cœur passionnément épris du monde. C'est le ciel, et non la Terre, qui m'a rendu "pessimiste"[35] ».

Ainsi, le parcours débouche sur l'amour du réel, délibérément choisi. « Vivre religieusement l'inutilité du monde[36]. »

Enfin une mystique praticable ?

★

Des perceptions sublimes peuvent se produire dans des moments de pagaille chimique : orgasme, alcool, drogue, douleur, délire. Mais s'agit-il d'un accès à une vérité, qui se manifesterait dans les pauses de la raison, ou bien du résultat d'un bug de nos circuits, comme ces écrans couverts de signes sans queue ni tête que produisent les ordinateurs plantés ?

★

Les possibilités d'enlisement de l'histoire sont proprement inépuisables. C'est d'ailleurs notre seule garantie de pérennité.

★

C'est par contraste que nous nommons bonheur ou paradis l'état antérieur à la conscience. Mais les notions de bonheur ou malheur sont inapplicables à la condition animale. Disons que l'homme, émergeant de l'animalité est tombé dans le malheur tout comme il aurait pu, pourquoi pas, tomber dans le bonheur. Nous aurions alors des réminiscences et des mythes de l'Enfer perdu.

★

Chaque fois qu'un être humain disparaît, il laisse derrière lui une somme d'objets, de vêtements, de documents, d'argent, de problèmes en suspens. Chaque fois, il se trouve d'autres êtres humains pour régler, éparpiller, absorber, balayer, nettoyer, effacer ce grumeau qui entourait le disparu. Ainsi, des vêtements arrivent dans les bonnes œuvres, des bibelots, sur les marchés, des meubles, dans les salles de vente, du fourbi, à l'incinérateur, des bijoux, à d'autres doigts, des lettres, à la poubelle. Grumeau après grumeau, chaque fois, sans relâche, depuis des milliers de générations…

★

Je ne m'ennuie jamais. Si peu de foi, et toujours des choses à faire. Il y a quelque chose qui cloche.

*

Le béotien ne sait rien. L'initié, après de longues études, apprend qu'il n'y a rien à savoir. Il sait qu'il ne sait rien, et c'est toute la différence. Le seul progrès qu'on puisse ambitionner. Croire qu'on sait quelque chose est évidemment une impasse.

*

L'extase ne vient qu'à ceux qui ne l'attendaient pas. « L'expérience mystique ne peut être recherchée. Son seul désir est déjà une entrave. [...] Tout au plus peut-on se préparer au choc mystique, se maintenir dans un état de réceptivité totale, proche de la vacuité, qui pourra ou non provoquer ce grand appel d'infini. Mais laisser la porte ouverte ne suffit pas à faire entrer quiconque[37]. »

L'expérience mystique, en plus d'être incommunicable, est parfaitement aléatoire. Et les techniques de modification de conscience, sexe, alcool, drogue, etc., n'en offrent que de pâles succédanés. S'ils donnent une idée du saut dans l'infini, ils n'en ramènent aucune sérénité durable. Or c'est bien ce qui nous manque.

Mais quels que soient les ravissements de l'expérience mystique, un élément nous retient de nous morfondre en regrets : nous ne sommes pas sûrs du tout qu'il ne s'agit pas d'un leurre. Car des mystiques, il y en a eu de tout poil, et, s'ils ont ressenti le même transport, ils ne se sont pas rendus au même endroit. Lorsque l'extase s'accompagne de visions, chacun décrit des scènes étroitement liées à sa religion. Angèle de Foligno raconte : « Ensuite je vis dans un éclair comment Dieu vient dans le Saint-Sacrement[38]. » Un absolu bien singulier. De là à conclure que le cerveau momentanément déréglé produit un fatras hallucinatoire à partir des fables qu'il connaît, il n'y a qu'un pas, et très peu de révélation.

*

J'ai vu des gens pratiquer le saut à l'élastique du haut d'un pont. Certains remontaient transfigurés et d'autres décomposés.

Et si la mort, contrairement à ce qu'il semble, était différente pour chacun d'entre nous ? Le sexe va bien de l'orgasme au viol, pourquoi la mort serait-elle uniforme ? Selon l'idée que nous en avons, nous l'accueillerons ouverts ou fâchés, lâches ou bornés, à l'image de ce que nous sommes, et elle se présentera, c'est selon, comme extase, supplice ou fadeur.

⋆

Cioran parle d'extase plus souvent qu'à son tour, et beaucoup de termes concordent avec les expériences mystiques : raréfaction du temps, néant absolu de la beauté, perfection de l'instant, miroitements harmonieux de l'éternelle inutilité, etc. Seule manque à l'appel la sérénité qui s'ensuit.

⋆

Depuis que j'ai réalisé qu'aimer signifie toujours aimer un mortel, j'éprouve moins d'empressement à tomber amoureuse, comme si c'était devenu une occupation de second ordre.

⋆

Qui a choisi de naître ? Qui a choisi de mourir ? Pas une religion, pas une sagesse, pas une philosophie qui ne soit pieds et poings liés entre ces deux écueils.

⋆

Hélas, je ne suis pas malade. Et pourtant je me torture les méninges autant qu'une sainte tuberculeuse. Comment ai-je pu faire l'économie de la douleur pour connaître le besoin d'absolu ? N'est-ce pas malhonnête ? N'est-ce pas resquiller ? Je n'ai pas payé mon billet pour la métaphysique.

⋆

Le petit grumeau tissé par Eugénie, tout son fatras de meubles, de livres, de vêtements, de bibelots, de vaisselle, il a fallu le dissoudre pas à pas, un tableau ici, une armoire là, une bonne partie à la poubelle. Il a fallu des semaines pour venir à bout de tout, long phénomène de digestion qui résorbe toute trace du défunt. Autant de morts par jour, autant de familles ou d'employés occupés à raser la montagne sur laquelle ils s'étaient hissés, tandis qu'autour de chaque enfant les nouveaux objets s'accumulent. Ballet fascinant, mariage du destin et de l'économie. Je n'ai accepté aucun des morceaux du bagage d'Eugénie. Ne pas alourdir le mien.

★

« Les peuples guerriers ne furent pas cruels et aventureux par appât du butin, mais parce que la monotonie des jours leur faisait horreur[39] », dit Cioran. Et de se lancer dans une apologie de la violence, de la vengeance et de la haine, simplement parce que tout vaut mieux que l'ennui. La seule chose qui peut sauver un homme, c'est de jeter toutes ses forces dans une bataille, n'importe quelle bataille, et la guerre donne une bataille à tous. C'est choquant mais ça se tient.

Cioran, lui, dispose du destin des hommes sur papier, parce que c'est cela, sa bataille contre l'ennui.

★

On imagine mal qu'un jour tous les hommes de cette planète se contentent de la fadeur du bonheur. Il y a trop de sauvagerie dans nos instincts et trop de muscles dans nos corps.

★

La seule mauvaise conscience dont on n'arrive pas à se débarrasser, c'est celle de vivre en brillant trop faiblement, comme le filament d'une ampoule électrique sous-alimentée.

★

Les systèmes de pensée les plus épurés n'évitent pas la contradiction. Si tout est impermanent, il faut bien que l'impermanence ne le soit pas. Si tout est vain, il faut bien que la vanité ne le soit pas. L'autoréférence arrive à bout de toute logique. D'ailleurs, qu'est-ce que la conscience, sinon la matérialisation de l'autoréférence ?

★

Comme je m'abîmais dans le désir de connaître l'extase mystique, cet anéantissement sublime que décrivent les saints, les poètes ou d'autres, je m'aperçus qu'il ne fallait pas chercher bien loin. Cette expérience qui les porte aux nues, je la connais très bien, et elle me tire au fond. Suspension du temps, explosion du cadre matériel, implosion de la conscience vers un infini de profondeur, tout cela, je le connais parfaitement, mais en négatif.

À eux les voluptés de l'harmonie, à moi les affres de l'épouvante. À croire qu'ils ont vu Dieu et moi, le diable. L'expérience de rupture par rapport à la réalité nous donne des sensations très différentes selon notre structure mentale. Un cerveau qui disjoncte embrasse le paysage qu'il a bricolé lui-même auparavant.

Il reste une chose étrange. Que les mystiques fassent si rarement le voyage et épuisent leur vie à espérer une nouvelle extase, alors que je peux y plonger chaque fois que je veux, et même quand je ne veux pas.

★

Deux mille pages de thérapie contre l'effroi. C'est une sacrée médication qui a dû occuper le plus clair de son temps. Comme de réciter un million de fois le mot *loup* pour s'empêcher de le voir arriver.

★

À quatre-vingts ans, on lui demande s'il s'estime guéri. « Non. Pas guéri, simplement fatigué... » Et cette fatigue l'a-t-elle réconcilié avec le monde ? « Non, elle m'a simplement diminué[40]. »

★

Qu'a-t-on lu lors de son enterrement ? Si on avait voulu lire ce que lui-même avait écrit de la mort, il aurait fallu lire tout ce qu'il a écrit.

★

L'éveil, le fameux éveil si cher aux bouddhistes, n'est autre que le cauchemar de Cioran : « Je croyais, en épuisant mes sens, pouvoir tuer l'éveil. Mais, après l'étreinte je retrouvais l'atroce lucidité[41]. »

S'agit-il du même éveil ? Oui, c'est la distance entre croire et ne pas croire. Cesser de croire, c'est s'éveiller, s'ébrouer, sortir de la torpeur des histoires. Que la sensation ne soit pas la même pour tout le monde n'est pas si surprenant. Mais les ravis de l'éveil ont fait beaucoup plus de tapage que les autres.

★

Il est l'homme le moins ébloui qui soit par la nature humaine. « Il n'y a au fond du cœur que du pus et de chaudes puanteurs[42]. » Il est périlleux de vivre avec une aussi piètre opinion de soi-même. Et pourtant, avouer cette noirceur et s'en plaindre, c'est prouver qu'il existe à tout le moins un désir d'autre chose. C'est peut-être toute la pureté dont nous sommes capables.

★

« Comment ai-je osé être un enfant[43] ? », demande Cioran, que l'on imagine effectivement assez mal en culottes courtes. On voudrait qu'une conscience aussi crépusculaire se fût incarnée sans passer par les langes et les préaux d'école. Entre lui et l'enfance, il y a quelque chose d'incompatible, une contradiction aussi forte qu'entre l'eau et le feu, qui interdit que l'un se transforme en l'autre.

★

Pour évacuer la plus grosse partie du mobilier d'Eugénie, il a fallu louer un camion et y passer la journée. Comme on manquait de couvertures pour caler les meubles dans le camion, mon père eut une idée de génie. Il restait plusieurs grands sacs remplis de langes, car la décrépitude de la malheureuse était allée jusqu'à l'incontinence. Les grands rectangles rembourrés convenaient à merveille pour protéger les cadres et déposer les lustres. C'est ainsi qu'on fit bon usage de tous les langes qu'elle n'avait pas eu le temps de souiller. J'en retiens que même la plus belle vie sur Terre ne peut prétendre à aucune dignité.

★

Je me souviens de tous les lits où j'ai dormi, parce que je me souviens comment j'y ai enfoncé mes ongles pour me hisser à la surface après le naufrage.

★

Très peu de gens savent perdre.
Tout *est* perdu.

Notes

CHAPITRE UN
Cioran, comme un coup de tonnerre

1. Cioran, *Syllogismes de l'amertume*, Gallimard, « Folio », 1952, p. 51.
2. J. M. G. Le Clézio, *Terra Amata*, Gallimard, 1967, p. 56.
3. Cioran, *Entretiens*, avec Branka Bogavac Le Comte (1992), Gallimard, « Arcades », 1995, p. 273.
4. Pour les différents épisodes de la vie de Cioran mentionnés ou auxquels il est fait allusion dans ce livre, le lecteur se reportera utilement à la bibliographie en fin d'ouvrage.

CHAPITRE DEUX
Fernande, même si cela ne me regarde pas

1. Cité par Louis Nucéra, *in Cahiers de l'Herne*, n° 90, *Cioran*, 2009, p. 368.
2. Cité par Jeannine Worms, *in Cahiers de l'Herne*, n° 90, *Cioran*, 2009, p. 337.

CHAPITRE TROIS
Petite naissance, incidemment

1. Cioran, *Entretiens*, avec Michael Jakob (1994), Gallimard, « Arcades », 1995, p. 318.
2. Interview de Simone Boué, *in Cahiers de l'Herne*, n° 90, *Cioran*, 2009, p. 451.
3. Cioran, *Le Crépuscule des pensées*, *in Œuvres*, Gallimard, « Quarto », 1995, p. 493.

CHAPITRE QUATRE
Louis ne s'y attendait pas

1. Cioran, *Syllogismes de l'amertume*, Gallimard, « Folio », 1952, p. 22.
2. Cité par Fernando Savater, colloque sur Cioran au Salon du livre de Paris, 18 et 19 mars 2011.
3. Cité par Stéphane Barsacq, *Cioran. Éjaculations mystiques*, Seuil, 2011, p. 57.
4. Cité par Georges Banu, colloque sur Cioran au Salon du livre de Paris, 18 et 19 mars 2011.
5. Interview de Simone Boué, *in Cahiers de l'Herne*, n° 90, *Cioran*, 2009, p 449.
6. Cité par Fernando Savater, *in Cahiers de l'Herne*, n° 90, *Cioran*, 2009, p. 343.
7. Entretien avec Gabriel Liiceanu, *in Itinéraires d'une vie : E. M. Cioran*, Michalon, 1995, p. 133.
8. Cioran, *Sur les cimes du désespoir, in Œuvres*, Gallimard, « Quarto », 1995, p. 26.
9. Cité par Louis Nucéra, *in Cahiers de l'Herne*, n° 90, *Cioran*, 2009, p. 364.
10. Cité par Louis Nucéra, *in Cahiers de l'Herne*, n° 90, *Cioran*, 2009, p. 365.

CHAPITRE ÇINQ
Eugénie avait peur

1. Cité par Cioran, *Sur les cimes du désespoir, in Œuvres*, Gallimard, « Quarto », 1995, p. 43.
2. Cioran, *Sur les cimes du désespoir, in Œuvres*, Gallimard, « Quarto », 1995, p. 47.
3. Cioran, *Entretiens*, avec J. L. Almira (1983), Gallimard, « Arcades », 1995, p. 123.
4. Cioran, *Sur les cimes du désespoir, in Œuvres*, Gallimard, « Quarto », 1995, p. 64.
5. Cioran, *Sur les cimes du désespoir, in Œuvres*, Gallimard, « Quarto », 1995, p. 72.
6. Cioran, *Entretiens*, avec Helga Perz (1978), Gallimard, « Arcades », 1995, p. 37.

CHAPITRE SIX
L'enterrement, comme il se doit

1. Cioran, *Sur les cimes du désespoir, in Œuvres*, Gallimard, « Quarto », 1995, p. 77.
2. Cioran, *Sur les cimes du désespoir, in Œuvres*, Gallimard, « Quarto », 1995, p. 86.
3. Cioran, *Sur les cimes du désespoir, in Œuvres*, Gallimard, « Quarto », 1995, p. 89.
4. Cioran, *Sur les cimes du désespoir, in Œuvres*, Gallimard, « Quarto », 1995, p. 88.
5. Cioran, *Sur les cimes du désespoir, in Œuvres*, Gallimard, « Quarto », 1995, p. 99.
6. Cité par Norman Manea, *in Cahiers de l'Herne*, n° 90, *Cioran*, 2009, p. 355.
7. Cité par Stéphane Barsacq, *Cioran. Éjaculations mystiques*, Seuil, 2011, p. 121.
8. Cité par Louis Nucéra, *in Cahiers de l'Herne*, n° 90, *Cioran*, 2009, p. 367.

CHAPITRE SEPT
La métaphysique au café

1. Cioran, *Le Livre des leurres, in Œuvres*, Gallimard, « Quarto », 1995, p. 133.
2. Cioran, *Le Livre des leurres, in Œuvres*, Gallimard, « Quarto », 1995, p. 140.
3. Cioran, *Le Livre des leurres, in Œuvres*, Gallimard, « Quarto », 1995, p. 182.
4. Cioran, *Le Livre des leurres, in Œuvres*, Gallimard, « Quarto », 1995, p. 146.
5. Cité par Stéphane Barsacq, *Cioran. Éjaculations mystiques*, Seuil, 2011, p. 59.
6. Cioran, *Le Livre des leurres, in Œuvres*, Gallimard, « Quarto », 1995, p. 151.
7. Cioran, *Le Livre des leurres, in Œuvres*, Gallimard, « Quarto », 1995, p. 154.
8. Carlos Castaneda, *Histoires de pouvoir*, Gallimard, 1975, p. 277.
9. Cioran, *Le Livre des leurres, in Œuvres*, Gallimard, « Quarto », 1995, p. 162.
10. Cioran, *Le Livre des leurres, in Œuvres*, Gallimard, « Quarto », 1995, p. 174.
11. Cioran, *Le Livre des leurres, in Œuvres*, Gallimard, « Quarto », 1995, p.182.
12. Cité sur le site : http ://espritdematiere.blogspot.com/2011/04/cioranismes-damour.html, traduit du livre de Friedgard Thoma, *Um nichts in der Welt. Eine Liebe von Cioran*, Weidle Verlag, 2001.
13. *Ibid.*
14. Cité par Roland Jaccard, *Cioran et compagnie*, PUF, 2005, p. 81.
15. *Ibid.*
16. Carlos Castaneda, *Voir*, Gallimard, « Folio », 1973, p. 60.

CHAPITRE HUIT
Sorciers, sages, et dignité

1. Carlo Castaneda, *Voir*, Gallimard, « Folio », 1973, p. 120.
2. Carlos Castaneda, *Voir*, Gallimard, « Folio », 1973, p. 69.
3. Cioran, *Le Livre des leurres, in Œuvres*, Gallimard, « Quarto », 1995, p. 225.
4. Cioran, *Des larmes et des saints, in Œuvres*, Gallimard, « Quarto », 1995, p. 324.
5. Cioran, *Entretiens*, avec Helga Perz (1978), Gallimard, « Arcades », 1995, p. 34.
6. Cioran, *Le Livre des leurres, in Œuvres*, Gallimard, « Quarto », 1995, p. 248.
7. Cioran, *Le Livre des leurres, in Œuvres*, Gallimard, « Quarto », 1995, p. 251.
8. Shunryu Suzuki, *Esprit zen, esprit neuf*, Seuil, « Points », 1977, p. 74.
9. Cioran, *Le Livre des leurres, in Œuvres*, Gallimard, « Quarto », 1995, p. 269.
10. Marguerite Porete, *Le Mirouer des simples ames*, éd. Romana Guarnieri, Brépols, 1986, p. 230.
11. Marguerite Porete, *Le Mirouer des simples ames*, éd. Romana Guarnieri, Brépols, 1986, p. 258.
12. Cioran, *Le Crépsucule des pensées, in Œuvres*, Gallimard, « Quarto », 1995, p. 464.
13. Cioran, *Le Crépuscule des pensées, in Œuvres*, Gallimard, « Quarto », 1995, p. 484.
14. Cioran, *Des larmes et des saints, in Œuvres*, Gallimard, « Quarto », 1995, p. 294.
15. Cioran, *Entretiens*, avec Georg C. Focke (1992), Gallimard, « Arcades », 1995, p. 255.

16. Cioran, *Des larmes et des saints*, *in Œuvres*, Gallimard, « Quarto », 1995, p. 323.
17. Carlos Castaneda, *Voir*, Gallimard, « Folio », 1973, p. 283.
18. J. M. G. Le Clézio, *L'Extase matérielle*, Gallimard, « Folio », 1967, p. 270.
19. Khalil Gibran, *Le Prophète*, Gallimard, « Folio », 1992, p. 98.
20. Cioran, *Des larmes et des saints*, *in Œuvres*, Gallimard, « Quarto », 1995, p. 310.
21. Cioran, *Des larmes et des saints*, *in Œuvres*, Gallimard, « Quarto », 1995, p. 320.
22. Cioran, *Des larmes et des saints*, *in Œuvres*, Gallimard, « Quarto », 1995, p. 323.
23. Cioran, *Des larmes et des saints*, *in Œuvres*, Gallimard, « Quarto », 1995, p. 327.
24. Carlos Castaneda, *Le Voyage à Ixtlan*, Gallimard, « Folio », 1974, p. 40.
25. Carlos Castaneda, *Le Voyage à Ixtlan*, Gallimard, « Folio », 1974, p. 40.
26. Cioran, *Le Crépuscule des pensées*, *in Œuvres*, Gallimard, « Quarto », 1995, p. 342.
27. Cioran, *Le Crépuscule les pensées*, *in Œuvres*, Gallimard, « Quarto », 1995, p. 363.
28. Cioran, *Le Crépuscule des pensées*, *in Œuvres*, Gallimard, « Quarto », 1995, p. 375.
29. Cioran, *Le Crépuscule des pensées*, *in Œuvres*, Gallimard, « Quarto », 1995, p. 323.
30. Cioran, *Le Crépuscule des pensées*, *in Œuvres*, Gallimard, « Quarto », 1995, p. 401.
31. Cioran, *Le Crépuscule des pensées*, *in Œuvres*, Gallimard, « Quarto », 1995, p. 443.
32. Cité par Jeannine Worms, *in Cahiers de l'Herne*, n° 90, *Cioran*, 2009, p. 333.
33. Carlos Castaneda, *Le Voyage à Ixtlan*, Gallimard, « Folio », 1974, p. 341.
34. Cioran, *Le Crépuscule des pensées*, *in Œuvres*, Gallimard, « Quarto », 1995, p. 450.
35. Cioran, *Le Crépuscule des pensées*, *in Œuvres*, Gallimard, « Quarto », 1995, p. 492.
36. Cioran, *Le Crépuscule des pensées*, *in Œuvres*, Gallimard, « Quarto », 1995, p. 494.
37. Jean Claude Bologne, *Le Mysticisme athée*, Le Rocher, 1995, p. 99.
38. Angèle de Foligno, *Le Livre des visions et instructions*, Seuil, « Points/Sagesse », n° 39, 1991, p. 114.
39. Cioran, *Bréviaire des vaincus*, *in Œuvres*, Gallimard, « Quarto », 1995, p. 535-536.
40. Entretien avec Gabriel Liiceanu, *in Itinéraires d'une vie : E. M. Cioran*, Michalon 1995, p. 84-85.
41. Cioran, *Bréviaire des vaincus*, *in Œuvres*, Gallimard, « Quarto », 1995, p. 564.
42. Cioran, *Bréviaire des vaincus*, *in Œuvres*, Gallimard, « Quarto », 1995, p. 564.
43. Cioran, *Bréviaire des vaincus*, *in Œuvres*, Gallimard, « Quarto », 1995, p. 568.

Bibliographie

Ouvrages de Cioran :

Œuvres, Gallimard, « Quarto », 1995.

Entretiens, Gallimard, « Arcades », 1995.

Ouvrages sur Cioran :

Barsacq Stéphane, *Cioran. Éjaculations mystiques*, Seuil, 2011.

Jaccard Roland, *Cioran et compagnie*, PUF, 2005.

Liiceanu Gabriel, *Itinéraires d'une vie : E. M. Cioran*, Michalon, 1995.

Rigoni Mario Andrea, *Cioran dans mes souvenirs*, PUF, 2009.

Tacou Laurence et Piednoir Vincent (sous la direction de), *Cahiers de l'Herne*, n° 90, *Cioran*, 2009.

Documents sonores et visuels :

Bollon Patrice et Jourdain Bernard, *Cioran 1911-1995*, documentaire en ligne sur Google vidéo.

Liiceanu Gabriel et Ilieşiu Sorin, *The Apocalypse according to Cioran*, DVD documentaire produit par Videodialog, 2011.

Table

DU MÊME AUTEUR
CHEZ ODILE JACOB

Le Secret des femmes (avec Yves Ferroul), 2010.
Bonnes Nouvelles des étoiles (avec Jean-Pierre Luminet), 2009.

Cet ouvrage a été transcodé et mis en pages
chez Nord Compo (Villeneuve-d'Ascq)

Achevé d'imprimer en juillet 2011 sur rotative numérique Prosper
par l'Imprimerie Sagim à Courtry (Seine et Marne).

Dépôt légal : septembre 2011
N°d'édition : 7381-2646-X
N° d'impression : 12433

Imprimé en France

L'imprimerie Sagim est titulaire de la marque
Imprim'vert® depuis 2004